꽃잎에도 핏줄이 있다

정홍순 산문집

# 꽃잎에도 핏줄이 있다

정홍순 지음

산발한 머리처럼 흩어져 있는 생각을 가지런히 빗질할 수 있는 일 중에 글만한 것은 없을 것이다. 그래서 '글이란 도의 개화요, 일의 자취'라 하였다. 하지만 정리된 글이라 해도 일정한 한계가 들여다보이는 것으로 무한정 생장할 수만은 없다. 나무들이 한없이 크는 것이 아니듯 스스로의 변화가 일어난다.

글을 쓴다는 것은 고된 육체활동 못지않게 정신활동으로 숙련이 요구되는 노동의 한가지라 할 수 있다. 노동의 대가라는 것은 천차만별이어서 서로의 만족도가 다르다. 그러니 누구에게나 완벽한 결과를 이룰 수 없는 노릇이기도 하다.

결국 겸손이라는 자세에서 글은 써지고, 기록되고, 읽고, 고쳐지고를 반복하며 생멸하는 생물과 같으나 글쓴이의 수한壽限을 넘어서는 것이 글이다. 사람은 갔어도 글은 남아 죽음을 모르고 버젓이 살고 있는 영특한 일 가운데, 사람들은 평범한 일상에서 때로는 비범함을 마주하곤 한다. 이 열려진 세계를 위해 글은 존재하고 있다. 또한 문자를 극복하고자 하는 글쓰기, 인류는 결코 중단하지 않을 것이다.

시를 쓰면서 쳐내고 다듬질한 것들 중에 그냥 버리기 아까운 이야기들이 있다. 아니 다른 이야기로 말하고 싶은 것이 있다. 김장하고 남는 것으로 '게국지'를 만들어 먹던 것처럼 산문은 내게 게국지 같은 의미이기도 하다. 산문을 통해 시적 배경은 물론 시인의 삶과 정신을 어느 정도 가늠할 수 있을 것이라 생각한다. 시대가 너무 아프다. 속이 고픈 시대에 맛이 있을는지 모르겠다. 그래도 한 뚝배기 지져놓는다. 투박할지 몰라도 이 또한 감사한 일이다.

2024년 가을
정홍순

# 제1부 문장에서 배우다

## 제2부 순천만 안개나루

# 제3부 개망초의 노래

## 제4부 할머니의 소원

## 제5부 돌에서 배우다

제1부

**문 · 장 · 에 · 서 · 배 · 우 · 다**

# 한 줄의 문장에서 배우다

동계올림픽이 무사히 막을 내렸다. 평창은 올림픽 무대였을 뿐만 아니라 '평화'를 갈구하는 세계인의 화합의 장이기도 하였다. 선수들은 서로의 기량을 겨루며 자국의 명예를 걸고 열심히 땀을 흘렸다. 선수들 못지않게 바삐 움직인 사람들이 있다. 정치, 경제, 문화, 종교 등 전반에 걸쳐 평창이라는 기회를 바르게 쓰기 위해 배나 수고를 아끼지 않은 사람들이다. 그 가운데 지역 인사들의 얼굴을 방송을 통해 보게 되었다. 무슨 일일까. 단순히 바쁜 군정郡政을 뒤로하고 올림픽경기를 관람하고자 평창에 갔을까.

그럴 리는 만무했다. 소록도에서 평생을 바쳐 헌신한 두 수녀 마리안느와 마가렛에게 노벨평화상을 주십사 홍보하러 갔던 것이다. 마더 테레사 못지않게 마리안느와 마가렛은 우리에게 너무 소중한 분들이다. 숭고한 삶을 세계인의 가슴에 기록하고자 평창까지 달려간 그 행보를 기쁘게 보지 않을 수 없었다.

마더 테레사는 한 줄의 성경을 붙잡고 은혜 받아 평생을 살았다고 하였다. 이처럼 한 줄이 얼마나 중요한 것인가. 이제 평창은 세계 역사 속에 한 줄이듯이, 마리안느와 마가렛은 종교를 떠나 우리의 역사와 삶에 한 줄인 것이다. 삶의 자리라는 것이 다 있을 터 그래서 너서 있는 곳에서 최선을 다하라는 말이 귀감을 이루고 있는 것이다. 이는 문장에서의 단어나, 인생에 있어서의 자리가 매 한가지이다. 억지스럽지 않고, 생뚱맞지 않은 역사의 증험자같이 살아있는 단어가 한 줄, 한 문장을 이루어 준다.

한강의 소설 『채식주의자』가 〈맨부커상〉을 수상한 뒤 번역에 문제가 있다고 여러 곳에서 지적하고 나섰다. 끝내 몇 곳을 수정하기로 하고, 번역자는 번역문학의 당위성을 거론하며 다시 잠잠해지고 있다. 우리나라 번역문학의 시초는 1895년 『아라비안나이트 Arabian Night』를 번역한 『유옥역전』과 선교사 게일이 번역한 『텬로력뎡』(천로역정)이다. 자국인이 번역한 것으로 치면 순한글의 필사본으로 쓴 『유옥역전』이 최초라 할 수 있다.

번역문학은 대개 외국문학을 자국어로 번역하는 경우와 자국문학을 외국어로 번역하는 경우인데 앞엣것을 주로 말하고 있다. 하지만 선교사 게일(James Scarth Gale, 1863~1937)과 같이, 우리 문학을 외국인이 번역하면서 우리나라 정서에 맞게 번역하기 위해 고군분투한 사람도 없을 것이다.

게일奇一은 40여 년 동안 우리나라에서 살면서 전국토를 12번이나 여행하였다고 전해지고 있다. 여행의 목적은 생활풍습을 이해하기 위해, 다시 말하면 한 줄의 문장을 위해 발품을 수없이 팔았던 것이다. 그런 그가 성경도 번역하였는데 『신역신구약전서』이다.

게일은 다른 번역자들과는 처음부터 생각이 달랐다. 축자적逐字的 (literal) 번역과는 달리 조선어풍朝鮮語風이라 하여 한국인들이 이해하기 쉽게 "성경의 내용을 가감 없이, 그러나 이해할 수 없는 히브리-영어식 문장이 아니라 부드럽고 쉬우며 매끄럽게 흘러가는 조선어로" 번역해야 한다고 주장하였다. 이러한 태도는 결국 독자적 노선을 걷지 않을 수 없게 되어 개인적으로 『신역신구약전서』를 번역하게 되었다.

나는 영인본(1986)을 열어 그의 생각대로 조선어풍 한 줄을 만나 너무 깊은 감동을 받게 되었다. 마태복음 3장 12절 "뎌가키를들고打作마당을나뷔질ㅎ야알穀은庫間에드리고"라는 번역을 보게 되었다. 키질은 키내림과 나비질이라는 말로 쓰는데 키내림은 쓸어내릴 때를, 나비질은 까부를 때를 말하는 것이다. 개역개정판 성경처럼 "정하게 하사"보다는 순우리말인 "나비질"이 얼마나 우리말다운가를 새삼 느끼게 한다. 이러한 우리 생활풍습을 잘 눈에 두어 번역해 낸 게일의 솜씨야말로 그 가치를 인정하지 않을 수 없다. 어쩌면 고수의 일품을 보는 듯해 그 한 수를 배우고자 하는 것이다.


푸덕푸덕 키질 소리에
산속으로 단풍바람이 산막을 적시고
들깨가 뒹굴어 앉은
멍석이 새까맣다

헝겊쪼가리 풀 먹여 붙이다 너덜난
마산할미 키가
한 마당 쓸어내는 동안
매가 허공에 정지하고 떴다

고수들의 날

할미의 키내림하던 키가

나비질하며 맞서서 허공으로 오른다

- 졸시, 「키질하는 날」 전문

이처럼 우리들 곁에는 자신들의 생애를 바쳐 남을 이롭게 하고자 덕을 베푸는 이들이 있다. 마리안느와 마가렛처럼 평생 간호사를 업으로 하여 생명을 돌보는 일과, 단 한 줄의 문장을 위하여 조선어풍을 일관하였던 게일과 같은 이웃들은 진정 우리들의 고수가 아니겠는가.

평창올림픽은 분명 평화의 새 역사를 쓰게 되는 우리의 한 줄이 되리라 믿어 의심치 않는다. 공연히 트집 아닌 트집을 부리며 정략에 힘쓰는 소인배들, 저 하수들의 검불이 사라지도록 키질하기에 딱 좋은 날이다.

# 백경 김무규의 고택

한 개의 자와 먹통으로 지어지는 것이 한국건축이며, 구조가 매우 복잡하지만 일정 규제 없이 성조하는 것이 한국건축의 특징이다. 껍질이 벗겨진 둥굴이를 꺽쇠로 고정하고 먹줄을 놓아 대자귀(선자귀)와 중자귀로 기둥이나 들보를 다듬어 내는 모습은 가히 예술을 감상하는 것과 같다. 이를 두고 범부 김정설은 음양론을 강론하며 국가에서 음악이나 건축을 장려하였다면 세계적으로 우수하였을 한국문화의 특수성이라 하였다.

런던 대영박물관 한편에 자리한 한국관을 볼 수 있었다. 한국에서 공수하여 만든 사랑방 삼 칸의 아름다움 앞에서 오랫동안 발길을 멈추게 하는 것은 건축의 풍미 때문이었다. 한국의 멋과 문화를 세계 3대 박물관 중 하나라는 곳에서 견주어 볼 수 있었던 것으로 자긍심이 흘러나오기 충분하였다.

우리의 것이라서 막연히 좋은 것이 아니었다. 문화라는 것은 다 계승하는 것이 아니라 쓸모없는 것은 버리거나 없애야 하는 것이기에 한옥은 단순히 사람이 살아가는 공간이기 전에 무덤을 읽을 줄 아는 사람이 읽듯이 문명이라는 큰 자리에서 삼 칸을 떠받치고 있는 기둥이 있었기 때문이다.

사상 하나가 잘 못 길들여져 당쟁(이기설과 주기설)이 끊임없던 조선시대를 누구도 건너뛸 수 있거나 역사에서 엿가락처럼 한 도막으로 분질러 내버릴 수 있는 사람은 없었다. 그래서 단재 신채호는 우리들의 정신과 역사성을 나무랐던 것이다.

"우리 조선 사람은 매양 이해 밖에서 진리를 찾으려 하므로, 석가가 들어오면 조선의 석가가 되지 않고 석가의 조선이 되며, 공자가 들어오면 조선의 공자가 되지 않고 공자의 조선이 되며 무슨 주의가 들어와도 조선의 주의가 되지 않고 주의의 조선이 되려한다. 그리하여 도덕과 주의를 위하는 조선은 있고 조선을 위하는 도덕과 주의는 없다."고 통탄하였다.

지극히 한국적이라는 것은 우리의 삶과 정신으로 배양된 것으로 순수한 것만을 말하지는 않는다. 전통으로 살아 있으며, 발전된 것이고, 거슬리지 않는 것들이다. 이러한 한국의 미를 참멋이라 하였던 것이다.

한국의 참멋에 취한 사람이 있다면 나는 단연코 한창기(1936-1997) 선생을 말하고 싶다. 선생은 1936년 보성군 벌교 지곡에서 태어나 벌교초, 순천중, 광주고, 서울법대를 졸업하였다. 『브리태니커 백과사전』의 최초 동양 지사장을 지내며 세일즈계의 신화를 남긴 선생은 1976년 《뿌리깊은나무》를 창간하여 지성인들의 상징이 되기도 하였다.

1972년부터 민화 전시, 판소리 음악회를 개최하며 전통문화를 위해 각고의 노력을 쏟았고, 잊혀져가는 전통문화 옹기, 찻그릇, 반상기 등을 제작하여 보급했을 뿐만 아니라 6,500여점의 유물을 모으

기도 하여 지금은 낙안에 있는 〈뿌리깊은나무박물관〉에 전시되고 있다.

박물관에서 선생이 얼마나 전통문화에 심혈을 기울였는가를 찾아볼 수 있는데 우리의 것들을 위해 살다 간 숨결을 고스란히 느낄 수가 있다. 그 가운데 본인이 모으지 못한 것이 있는데, 선생이 작고한 후 유족들과 재단이 구례에서 백경 김무규의 고택을 원형 그대로 옮겨 온 것이다. 선생은 1980년 이 고택을 보고 한순간에 매료되었고, 26년이 지나 박물관으로 옮겨지게 되었다. 백경 김무규 선생은 단소와 거문고의 명인으로 전라남도 중요무형문화재 제83호 구례향제 줄풍류 예능보유자였다. 고택의 사랑채에 딸린 누마루는 영화 〈서편제〉의 한 장면을 담은 곳이기도 하다.

1922년 구례 산성리 절골에 지어진 백경 선생의 고택은 사랑채, 안채, 문간채, 별채 등 여덟 채로 양반 상류주택의 배치 형식을 따르고 있다. 사랑채에는 기둥마다 시구나 글귀를 써 판자에 새겨서 건 주련을 한 자 한 자 읽어볼 수 있다. "일편단심은 영원하고/충효는 가문에 전하고/학문으로 국가에 보답하고/대의는 자연에 있다." 는 주련을 읽다보니 왜 백경 선생이 거문고가 중심인 줄풍류의 대가大家이었는가를 짐작할 만하고 그의 고택에 한창기 선생이 한눈에 반했는가를 알 것만 같다.

만약 백경 선생의 고택이 적산가옥이었다면 그렇게 탐냈을 것인가. 선생의 가장 큰 수집물은 일호일흡一呼一吸, 상징(symbol)으로 말할 수 있는 음양, 즉 우리 정신사상의 한 가지에서 우러난 것이었다. 그토록 한국적이라는 것에 철학과 사상, 문화, 예술, 언어에 이르기까지 선생은 늘 고민이 짙었음을 알 수 있다.

고택은 숨결이 고스란히 배어 있는 것이다. 숨이 완전히 잠든 것을 돌이라 하고, 반쯤 잠든 것을 식물이라 한다면, 동물은 숨을 쉬고 있는 것이리라. 여기에 동물이 사람과 다른 것은 영혼을 깨우지 못한다는 것인데 영혼을 깨우고 흔들던 숨결의 고택, 수오당에 들러 답답한 이 시대의 잠을 깨울 수 있다면 날마다 찾아간들 누가 말리겠는가.

# 『사구시의 노래』를 다시 읽으며

고흥군은 일찍이 우주와 아주 가까운 고장이었다. 나로도에 우주
센터가 들어서기 전 1943년 두원면 성두리에 떨어진 운석, 두원운
석豆原隕石은 소재가 확인된 우리나라 최초 낙하 운석으로 이름 붙어
있다. 2013년 나로호 발사가 성공하면서 고흥군은 우주항공과학의
일번지로 자리매김하였다. 나로호가 발사되던 해, 가슴 졸이며 성공
을 기원하던 온 국민의 염원이 아직도 생생하기만 하다.

그해 여름, 비가 추적추적 내리던 날 송수권 시인은 『사구시의 노
래』 집필에 따른 자료와 현장답사를 위해 K시인과 나를 앞세워 고
흥으로 가자 하였다. 두원면 운암산 자락 운대리에 접어들어 분청사
기 가마터에서 몇 번이나 잘 보아두라고 당부하며 '사구시'의 현장
을 설명하다가 임녀의 설화도 들려주었다.

풍으로 병원에서 퇴원한 지 얼마 안 되어 지팡이를 의지하고 섰던
시인은 빗속에서 커다란 방풍을 캐내어 들고 나오기도 하였다. 그
자리에 지금은 분청문화박물관이 개관되어 관람객들의 발길이 끊이
지 않고 있지만 시인이 슬며시 내비친 문학관은 아직 문을 열지 못
하고 있는 실정이다.

시인이 고향에 바친 노래가 이렇게 병중에서 탄생한 것임을 아마

아는 이들이 적을 것이다. 시인이 적어두고 간 『사구시의 노래』를 다시 읽는다.

나로도 항공우주센터
밀레니엄 세기의 첫 장을 열었을 때

쑥밭골의 신화는 깨졌다

쑥과 마늘과 호랑이와 곰과
함께 살던 아기곰 한 마리가
굴속을 빠져나와
꼬리 불을 물고 하늘을 서성거렸을 때

우리들 신화는 빗장을 활짝 열었다

고흥반도의 아침이여
사구시의 노래여
                                    - 송수권, 「사구시의 노래 1」 전문

2013년 11월 28일 문학 인생 40년, 시인은 한국풍류문화연구총서 세 번째 책으로 『사구시의 노래』를 탄생시켰다. "고흥은 우주다"라고 했듯이 "고흥은 사구시의 노래다"로 신화의 빗장을 활짝 열었다. 시인이 사구시(사기골) 현장에 내려가 받은 큰 충격으로 엮어 바친 시집에 "콩꽃 속에 숨어 있는"이나 "우리들의 신神은 죽지 않고"라는 말이 살아 있는 모습은 참으로 감격스럽고 서러운 이야기들이다.

그 언젠가 이탈리아 롬바르디 평원을 여행하며 쓴 「정든 땅 정든 언덕 위에」를 읽고 있으면 왜 신화와 전설을 뚫고 인간의 서정을 울리는지를 알 수 있을 것 같다. "이 평원 다 준다 해도/내 편히 쉴 곳 없음을 안다" 한 것은 "대숲마을을 빠져나온 저녁연기들이/낮게낮게 깔리는 그러한 들판"에서 받은 정情 때문이었다.

때로는 꽃물 엉겨 서러운 "소록도"를 잊지 못하고, "물나라의 가을"을 그리워했으며, 거무섬 사람 "우리들의 마빡" 김일과 손죽도의 이대원 장군, 갯벌에 피어난 "매생이"와 갯것들, 도자기 전쟁(정유재란)으로 강탈당한 사기골 이야기, 고흥은 고흥高興으로 끝날 이름자가 아닌 풍류에서 풍류風流로 흘러 신화가 깨지는 곳, "수도암 골짜기 여섯 동네" 물레가 돌고, 로켓이 도는 우주의 정한이 서린 고흥이 있기 때문이다.

누군가와 동행한다는 것 속에는 역사가 깃들어 있기도 하다. 나는 소록도로 향하면서 '잇꽃'에 대한 이야기를 들었으며, 나환자들이 동원되어 간척사업으로 제방을 쌓은 오마도 방파제에서 사진기로 현장을 담아두던 시인의 떨리던 손을 기억하고 있다.

소록대교와 거금대교를 건너고, 용두암의 파도소리를 같이 들으며 발포진에 섰던, 지금은 사라지고 없지만 오동나무를 끝내 지켜낸 이순신 장군의 오동나무 이야기를 시로 다시 읽는다. "가야금은 귀로 듣는 것이 아니라 마음으로 듣는 것/발포, 발포에 가면/지금도 밤 파도소리 귀로만 듣는/그 줄 없는 가야금 소리 달이 뜬다"(「줄 없는 가야금 소리」)고 왜가리처럼 훠이훠이 저어 내는 가락이 어둠의 시대에 달처럼 비쳐오니 말이다.

우리는 우주로 통하는 세계를 물려받았다. 고흥이라는 남도의 땅을 받았고, 역사와 문화를 받았으며, 깨지면 다시 빚을 수 있는 사구시의 물레를 받았다. 더욱이 시마詩魔를 발설했던 어우야담을 쓴 유몽인의 어느 가락쯤에서 『사구시의 노래』는 고향 하늘의 별이 되고 있는 것임을 알게 된 것이다.

　사람의 정이 이념보다 훨씬 더 힘이 센 것이라고 한 어느 시인의 말처럼 정든 삶을 외면하지 말고 한 해를 살았으면 싶다. 어쩌면 나는 사람의 정이 고팠는지 모른다. 시인이 두고 간 『사구시의 노래』를 다시 읽고 싶었으니 말이다. 물레 소리가 멈춰 버린 200만 평의 땅에서 충격을 받은 시인의 마음, 그 깨진 그릇이 칼처럼 왜 그의 혼을 베었는지 조용히 묻고 싶었다. 고흥분청문화박물관 가는 길, 그 길에서 우주와 통하는 이야기들로 왜 나를 이끌었는지 시집을 덮으며 조용히 눈을 감는다.

# 오동꽃 피는 고흥반도

오월은 어떻게 오는가 알고 싶다면 남도 바닷가를 돌아보면 어떨까. 굽이굽이 마을과 산자락마다 연보랏빛 꽃등이 지성으로 핀 '불칼'을 보게 될 것이다. 송수권 시인은 오동꽃을 불칼이라 불렀다. 잠시 시를 음미해본다.

오월은 도가풍이 찍어내는
사심 없는 빈 배와 같다

저 보아라 시나브로
청청 하늘에 던지는 불칼

어느 강마을을 넘는지
또 우레소리 귀청을 찢는다

- 송수권, 「오동꽃」 부분

오동꽃이 피면 오월의 광주가 생각나고, 하늘에 던지는 불칼이 생각난다고 한 오동꽃의 서러운 이미지는 시인의 작품 도처에서 볼 수 있다. 이처럼 오동꽃이 피는 마을마다 가슴마다 오월은 오고 있었던 것이다. 송수권 시인 추모 2주기에 참여하지 못한 송준용 시인이 늦게 산영을 찾게 되었다. 함께 고인의 산소를 돌아보고 아주 오랜 시인과의 만남이 시작된 전설 같은 현장을 찾아 나섰다. 그 이야기 세 마당을 누리고자 한다.

고흥만 방조제를 거쳐 녹동, 녹동에서부터 이야기는 시작된다. 녹동을 벗어나 첫 번째 이야기 장소는 오마간척지 한센인 추모공원이다. 풍남반도 끝자락에서 소록도를 바라보며 조성된 추모공원은 방문객이 없었다. 공원 입구 마늘밭에서 일하는 할머니 한 사람뿐이었다. 천천히 공원에 올라서니 현장만큼이나 애처롭게 펼쳐진 갯벌과 핏줄 같은 방파제를 가로질러 달리는 차량의 행렬만이 무상함을 더해주었다. 공원 중앙에 세워진 기념탑에서 사진 한 장 남기고 개척단 부단장 김형주의 애곡(「아으 슬프도다!」)을 읊으며 망망히 소록도를 바라보고 있자니 애처롭기 한이 없었다.

오호 통재라! 오천 원생은 곡하노라! 우리의 비원의 숙원사업이었던 오마도 간척공사를 1962년 7월 10일에 착공하였으나 세계적인 대 기만극으로 1964년 5월 25일에 대단원의 막을 내렸기에 여기에 그 유래를 새겨 만천하에 고하노라

                                            - 김형주, 「아으 슬프도다!」 부분

이청준의 소설 『당신들의 천국』으로 잘 알려진 1962년 오마도 사건은 오마도 앞바다를 메워 소록도 한센인들이 생활터전으로 살려 했지만 완공 직전 군사정부의 개입으로 간척지에서 쫓겨난 사건이

다. 당시 소록도에는 정착지가 필요한 환자들이 많아지기 시작하였고, 그들의 생활터전을 위한 대안으로 병원장인 군의관 출신 조창원의 주도로 시작됐지만 공화당 신형식의 농간과 지역주민들의 갈등을 극복하지 못하고 두 번 세 번 버림받아야 했던 지옥 같은 사건이었다.

330만평의 농지는 결국 1989년 주민들에게 분양됐고 강탈당한 땅에는 신식 농기계가 황발이(농게)처럼 기어 다니고 있다. 이보다 더 슬플 수는 없다. 누구든지 공원에 가게 된다면 공원 자체가 슬프다는 것을 금세 알게 될 것이다. 부조나 사진들은 이미 퇴색되어 잊히는 모습이었고, 역사 현장에는 우리를 잊지 말아달라는 물망초만 써 놓았을 뿐이다.

우리들의 천국은 어디에 있는가! 오리목나무 새싹마저 슬픈 오후의 햇빛을 받으며 두 번째 이야기 장소로 향하였다. 낙조로 유명한 바닷가 가화리加禾里에 있는 여의촌과 황촌마을을 찾았다. 한때는 극단패가 머물고 〈배따라기〉를 촬영한 마을, 벼꽃을 더한다는 이름만으로도 아름다운 마을이다. 갯장어, 미역, 취나물 등 특산물이 풍성하여 부촌이기도 한 가화리에는 300년이 넘는 보호수가 즐비하고 아름드리 해송이 방풍림으로 잘 조성된 멋스러운 곳인데 송 시인은 정자마루에 올라 한참이나 시름에 잠겼다. 그의 속내를 다 알 수 없지만 '그 옛날의 사랑이야기'가 있음직한 분위기에서 연신 목이 마르다고 보채기만 하였다.

세 번째 이야기 장소는 생수를 사기 위해 들른 도화면 소재지 오치리길이다. 처음으로 공개하는 송수권 시인과 송준용 시인의 만남이 이루어진 장소가 오치리이었다. 송수권 시인은 도화초등학교 선생님이 되어 친척인 송준용 시인의 집에서 하숙을 하게 되었고, 송준용 시인은 당시 도화중학교(3회) 학생으로 시인의 심부름꾼 노릇을 했더란다.

나이는 서너 살 차이였지만 집안 항렬을 무시하고 지금까지 형님으로 행세하다 간 사람이 송수권이라고 송준용 시인은 옛 기억을 풀어놓았다. "나는 늘 문학의 조수"라고 입버릇처럼 말하는 시인의 땅 오치리, 그가 다녔던 중학교 정문에 차를 대놓았다. 별관(옛 본관) 건물에서 공부한 시인은 이제 70고개를 넘은 오치리가 낳은 시인이다.

시인에게 김은수 선생을 아시느냐고 물었다. 저 〈석수포의 비화〉를 말이다. 석수포 주민들이 나로도 장날 함께 배 타고 돌아오는 길에 돌풍을 만나 수락도(수래기, 수리섬) 앞에서 당한 참사를 노래로 만든 것이 〈석수포 비화〉이다. 어느새 시인은 "정유년 모진 폭풍 이십수 곧은 님들/배와 함께 석수개에 설흔혼 여의시니" 2절 가사를 읊고 있었다.

우리는 옛 기억을 더듬어 슬프지만 기억해야 할 오동꽃의 길, 고흥반도를 그렇게 돌아왔다. 기억하는 것이 신앙이듯이 너무 쉽게 잊어버리지 말고 잘 기억하는 것도 소중한 우리들의 몫이라 서로 다짐하면서 여행을 마쳤다.

# 역사를 기억하는 사람들

시인 김소월은 「기억」이라는 시에서 "뿌리가 죽지 않고 살아 있으면/자갯돌 밭에서도 풀이 피듯이/기억의 가시밭에 꿈이 핍니다."고 하였다. 시인의 말같이 풀의 뿌리처럼 사람에게는 기억이란 뿌리가 존재하고 있다.

기억記憶은 머릿속에 기록하여 생각하는 것이라 쓰고 있는데, 사람의 기억에는 짧게 기억하는 것과 길게 기억하는 것으로 나누고, 이러한 기억들을 방해하는 것을 망각이라고 한다. 복잡하고 시끄러운 시대를 살아가는 사람들에게 적절한 훈련이 있다면 그것은 아마 단순 훈련일 것이다. 이때 단순이라 해서 망각을 말하는 것이 아니다. 단순은 복잡하게 얽매인 것에서 자유를 누리는 것으로, 밖이 요란한 현대인들이 치료받아야 할 안이 바뀌는 문제이다.

눈에 보이는 것에 치중하며 살아야 하는 현대인은 그래서 고달픈 것이다. 그런가하면 나와 상관없는 것은 거들떠보기도 싫어하는 극단적 개인주의에서 벗어나지 못하고 있는 것이 현실이다. 물론 아무 것이나 간섭하고 민폐를 끼치며 살아가자는 말은 아니지만 개성 없는 개인주의가 팽배한 것이 사실이다.

우리 사회는 지금 인식의 문제가 심각한 수준에 달하였다. 단세포적인 생각과 행동들이 쏟아져 나오고 있어서 한국적이란 말도 무색하게 될 날이 조만간 닥칠게 뻔하다. 이렇듯 점차로 사회적 인식이 약해지고 있을 뿐만 아니라 옛것을 기억하거나 소중히 여기려는 마음이 병들어가고 있는 현실이 안타깝다.

사회와 역사적 힘은 기억에서 나온다. 이스라엘 백성들이 출애굽하게 될 때 "하나님이 그들을 기억하셨더라" 하였고, 예수의 제자들이 전도에서 돌아와 귀신들이 항복하더라는 말에 "너희 이름이 하늘에 기록된 것으로 기뻐하라"고 당부한 말에 귀를 기울여야 할 것이다.

광주 무등산 오방수련원에서는 〈최흥종 목사 신림기도처〉 사적지 지정 선포식이 있었다. 오방五放 최흥종 목사(1880-1966)가 1950년 4월 7일 세운 신림기도처가 한국기독교 사적 제35호로 지정된 것이다.

한국의 영성에 우리가 기억해야 할 사람 오방은 '영원한 자유인' '성자의 지팡이'라는 별명처럼 평생을 섬김과 나눔으로 살다 간 인물로 기독교인의 정체성을 대변해 주고 있다. 오방(가정, 사회, 사업, 국가, 종교를 놓아 버린다)이라는 아호에서 말하고 있는 것처럼 자기 스스로가 사형선고를 내리고 영원한 자유인의 삶을 살고자 하였다.

그는 음성나환자들(호혜원), 결핵환자들(송등원, 무등원)을 돕는 한편 빈민구제활동에 많은 노력을 기울였을 뿐만 아니라 독립운동과 기독교청년운동에도 앞장서는 실천하는 기독교인이었다.

이러한 실천적 배경에는 『호세아를 닮은 성자』 이세종 선생의 영향력을 배제할 수 없다. 오방은 도시락을 싸들고 70리 길을 걸어 화순군 도암면 등광리 이세종 선생에게서 성경을 배웠다. 목사인 그가 평신도에게서 성경을 배웠다면 누가 곧이듣겠는가. 하지만 광주에서 이세종 선생으로부터 성경을 배우기 위해 발품을 판 사람 중에는 최흥종, 강순명, 백영흠 씨가 있었다.

그들은 '통독'을 통하여 성경에서 성경을 배우고 읽힌 훌륭한 기독교지도자들이다. 이처럼 뿌리 깊은 훈련을 통하여 이 시대에 영성의 본을 보여주고 있는 것은 '집념'에 있었던 것이다. 마치 이세종 선생이 말했던 '파라, 파라, 깊이 파라'는 말과 같이 말이다.

추사 김정희 선생이 독창적인 자신의 서체를 이루기까지 구멍 난 벼루가 열 개, 버려진 붓이 천 개였다는 말이 실감나지 않는다. 이러한 선생의 작품에는 작가의 위대함이 깃들어 있는 만큼 작품을 보는 식견과 지키려는 위대한 노력이 있었다는 사실이 숨어 있다.

소전 손재형 선생의 노력이 아니었으면 추사의 작품은 일본 후지쓰카 가문에서 한국으로 돌아올 수 없었을 것이다. 일본 사람들은 작은 것 하나도 기억에 몰두하여 사적으로 지정하는 반면에 우리들은 있는 것도 기억하지 않으려는 점이 차이라면 큰 차이다.

아무리 개인적인 것이라도 서로가 공유하게 되면 그것이 역사가 된다는 것을 모르고 살고 있지는 않은지 두려운 마음이 앞서기도 한다. 또한 역사에 손을 대려는 무모한 짓을 서슴지 않는 것엔 더 두려운 마음이 앞선다.

역사를 왜곡하려는 것은 오히려 나쁜 기억을 조장하는 것이다. 사람의 기억을 빼내어 죽일 수는 없는 것 아닌가. 불순한 의도를 품고 있는 자들에게 권력의 힘으로 기록하고 싶겠지만 풀의 기억을 바꾸어 놓을 수 없는 것과 같다. 예수는 '최후의 만찬'을 기념하는 것으로 역사에 소신을 두었지 않았는가.

　아무리 하찮고 작은 것이라 할지라도 기념하고 기억해주는 마음, 일화나 의미들이 더욱 확장되게 살아가자. 건강한 역사의 주인공으로 초대되었음을 서로 나누며 사는 나라가 됐으면 싶다.

# 묘접도猫蝶圖와 고양이

도다리쑥국을 점심으로 함께 하자는 식당에 들렀다. 범상치 않은 그림 위에 수저와 젓가락이 가지런히 놓였다. 일순간 식당 주인장의 배려거나 식견 정도로 생각하며 호사라 여기고 식사 후 자리에서 일어서려는 순간 양동식 시인께서 "그림을 보았는가!" 하고 말하는 것이 아닌가.

그림은 코팅한 김홍도의 '묘접도猫蝶圖'였다. 문제는 그림 뒷면에 「묘접도의 비밀」이라는 시인의 단상이 적혀 있었다. 후배들을 사랑하는 마음으로 준비한 선물이었다. 봄을 맞이하는 시인의 마음속에서 장수만세 코드를 함께 나누고자 하는 묘접도는 그렇게 책상 위에 놓이게 되었던 것이다.

'묘접도'를 '모질도'라고도 하는데 중국인들의 '묘접'과 '모질'은 고양이 묘猫 자와 90세 노인을 가리키는 모耄 자가 나비접蝶 자와 80세 노인을 가리키는 질耋 자의 발음이 동일한 음가를 가차한 것으로서 장수를 기원하는 의미가 담겨 있다. 묘접도를 보면서 장수를 기원하는 의미뿐만 아니라 예로부터 고양이를 '나비'야 하고 부르는 연유가 이제야 풀리게 되었다. 고양이와 나비, 모란과 패랭이(석중화)가 함께 한 폭의 그림에서 인생의 연수를 기원하는 이음줄이라는 것을 말이다.

　누군가가 쓴 "담장을 보드랍게 접었다가 펼치는 길고양이의 줄무늬"가 세상의 이음줄이라고 하였던 문장이 떠오른다. 나에게도 한두 해지만 길고양이의 애틋한 기억이 있다. 귀티 나는 고양이 한 마리가 마치 우리 집 고양이처럼 따라다니기 시작하였고, 식구로 받아들여 집 안에서 겨울을 보냈다.

　시골 고양이가 그러하듯이 집 안에서만 있는 것이 아니라 이웃집, 동네를 여럿이 어울리며 싸움질도 하고, 말썽도 부리며 친구를 불러들이기도 하는 개구쟁이가 되었다. 우리는 그녀석의 이름을 '나니'라고 불렀다. 하지만 나니와의 인연은 그리 길지 않았다. 찻길 옆에서 사는 집고양이가 된 나니는 교통사고를 당하고 제집이라고 찾아와 마지막 눈을 감던 모습이 잊히지 않는다. 그를 화단에 묻어주고 조시弔詩 한 편을 쓰게 되었다.


　　아이들아
　　처마 밑으로 찾아든 괭이가 있거든
　　그냥 돌려 세우지 마라
　　서리 맞은 호박넝쿨같이
　　모가지에 감고 온 월세방이다
　　된장 내 나는 토방에 엎어져
　　고향 떠나지 않겠다고 앙앙거리는
　　저 달빛의 야윈 꼬리를 봐라
　　쨍쨍하던 달이 월세 까먹듯 기울어
　　졸고 있는 두 눈에

꽃차례 모아 흔들고 있는
수풀의 달이 얼마나 그늘진가를…
우리나라 산천마다 피고 지는
괭이눈이란 꽃을 보았느냐
담장 밑으로 찍어놓은 괭이밥이
우리들 입속으로 얼마나 시큼하게
들이치던 풀이더냐
아이들아
우리들의 괭이는 토종의 이름
거닐고 사는 신통한 할아버지시다
할아버지는 호랑이가 아니다
포효하지 않고 갈그랑거리다
꽃이 되고 풀이되는 달빛의 족보다
수틀린 세상에 척척
산을 뒤집고 토담 뒤집어놓는 꽃
너희에게 오시는 낙법이시다

- 졸시, 「괭이 손자」 전문

    고양이에게서 아홉이라는 숫자는 장수를 의미할 뿐만 아니라 목숨이 아홉이라는 원은怨恩을 의미하기도 한다. 밤마다 시끄럽게 울어대는 고양이를 잡다가 나뭇가지에 목을 매달았는데 그날부터 여드레를 버텼다고 한다. 죽고 살아나기를 여덟 번, 하루에 하나씩 목숨을 소진한 고양이는 죽었다. 다음 날 원인 모를 불이 그 집에 났는데 꼬리에 불을 붙이고 그 집에 뛰어 들었다는 것이다.
    목숨 하나를 남겨두었다가 불을 지르고 죽는데 썼다는 원은, 영물의 이야기에 고양이가 있다. 이제 우리 사회는 반려동물의 거대한 시장을 이루게 되었고, 이웃나라 중국은 일억 마리의 시장을 이루었다고 한다. 열네 사람 중에 한 사람이 반려동물과 지내게 되었다는 말이고, 수천조의 경제구조를 형성하고 있으니 이제 반려동물은 단순한 동물이기 전에 삶의 층을 바꾸어 놓고 있다. 반려동물과 함께 건강한 자연과 환경을 이루며 사는 조화로운 혜택이 있는 것은 분명하다. 하지만 영혼을 깨울 줄 아는 동물인 사람의 무책임함에서 비롯되는 악순환이 줄어들지 않는다. 항상 이런 것이 문제인 것이다.

유기遺棄, 관계 속에서 가장 처참한 형벌이고 비인간적인 말이 유기다. 사람도 나이 들어가면서 늙고 병이 든다. 동물도 마찬가지 아닌가. 하긴 제 부모 자식도 버리는 것이 사람인데 하물며 동물이야 말해서 뭐하겠는가. 일순간만을 탐닉하고자 하는 만성질환과 같은 정신장애자들의 소행이 갈수록 늘어만 가고 있다.

급기야 영혼의 구도를 위해 출가한 스님이나, 성직자가 버려진 반려동물을 거두느라 하루 종일 동분서주하는 모습은 이제 일상이 돼가고 있다. 참선과 기도시간보다 버려진 동물을 위해 뒤치다꺼리하며 눈물을 쏟는 모습을 보고 있으면 누군가 신묘접도를 그릴 때 종교인의 눈물 흘리는 그림이 있을 법하다.

모란이 핀 꽃밭에서 나비와 놀고 있는 고양이, 묘접도를 바라보는 지금도 겨울을 건너지 못하고 죽은 고양이의 빛나는 눈빛이 비쳐오는 아침이다. 스스로 슬픈 원은을 만들지 말고 살자. 사람아!

# 이동순 시인의 농구農具 노래

해동공자 최치원은 통일신라시대까지 해독이 안 되던 천부경을 해독하여 우리에게 전해주었다. 우리나라의 가장 오래된 경전이라 할 수 있는 천부경 81자를 해독하지 못했다면 지금도 경전의 가치를 모르고 있을 것이다.

훗날 훈민정음의 모체가 됐다는 우리민족의 옛글자 가림다加臨多로 새겨진 비문을 백두산을 찾았다가 한자로 번역해서 전해준 사실 하나만으로도 최치원 선생의 깊은 학문만 탄복하는 것이 아니라 우리의 것을 바로 알게 하고 계승할 수 있게 한 위대한 인물로 새겨지고 있는 것이다.

옛것에는 말이나 글, 문화소산물들이 당대의 얼과 얽혀 살았던 조상들의 생활상으로 객관화되어 역사가 된 것이 있고, 사장된 것들이 있다. 발전 혹은 진화라는 맥락에서 묻혀버린 것들을 당연시할지 모르지만 지금의 것들 중에 훗날에는 무엇이 그런 처지가 될지 아무도 모를 일이다.

어차피 문화는 신의 창조물이 아니라 인간이 만들어가는 것이다. 그러나 그 문화의 소중한 것들 속에 인간의 삶을 둔 것은 신의 창조 영역으로 모든 인간 속에는 종교의 본성이 들어 있음을 통해 알 수 있는 것이다. 하여 우리 문화의 소중함이 여느 때보다도 절실해지고 있는 현실을 살고 있다. 요즈음 많은 사람들이 이구동성으로 하는 말이 있다. 우리나라도 가볼 만한 곳이 참 많다고 말이다. 세계여행에서 국내여행으로 선회하는 모습처럼, 더 친숙한 우리들의 일상을 말하고 전하고자 애쓰는 젊은이들의 살아있는 글쓰기가 바람직스럽게 느껴진다. 우리의 것이 세계화 되고 있는 자연스런 현상이 아닐 수 없다.

　도시와 농촌, 농촌과 도시라는 이중구도적인 관념을 깨고 공간적 의미를 자연친화적으로 해석하려는 시도는 건강한 우리 사회의 전망이다. 80년대 「農具농구 노래」 연작시를 발표한 이동순李東洵 시인의 시는 일찌감치 이러한 우리 문화의 소중함을 예견하고 있었음직 하다.

　시집 『지금 그리운 사람은』(창비, 1986)의 표사 글에서 김규동 시인은 "유용한 말, 그중에서도 때 묻지 않은 말을─아니 때가 묻어 못 쓰게 되었다 하더라도 시인의 가슴으로 따뜻이 녹여 써야 할 새롭고 튼튼한 우리말을 지켜나가는 신념이 지금처럼 아쉬운 때는 없는데, 이동순 씨는 이러한 노력을 시작詩作과 결코 떼어서 생각하지 않은 좋은 데를 가지고 있다."고 하였다.

　같은 글에서 성민엽 문학평론가는 "「農具 노래」 연작의 진정한 주제는 농업사회적 전망의 추구인 셈이다. 그것은 소외되지 않은 노동, 대지와의 친화, 공동체적 삶의 실현을 가능케 하는 세계상의 추구이다."라고 하였는데 이 추구야말로 우리 문화의 힘이며, 영력의 표현이라 하지 않을 수 없다.

연작시 가운데 「종다래끼」를 읽어본다.

할 수만 있다면
싸릿대로 이쁘게 엮은 종다래끼 하나
멜빵 달아 어깨에 메거나
배에 둘러차고 우리나라의 고운 씨앗을 한가득 담아
남천지 북천지 숨가삐 오르내리며
풀나무 없는 틈이란 틈마다 씨를 뿌리고
철조망 많은 무장지대 비무장지대
폭격 연습한 뒤의 벌겋게 까뭉개진 산허리춤에다
온통 종다래끼 거꾸로 쏟아 씨를 부어서
저 무서운 마음들을 풀더미 속에 잠재우고도 싶고
또 할 수만 있다면
짚으로 기름히 엮은 종다래끼 하나
어깨에 메거나 배에 둘러차고
충청도 물고기 담아가서 황해도 시장에 갖다 주고
함경도라 백두산 푸른 냄새를 그득그득 담아 와서
철없는 내 어린것에게 맛보이고 싶어라
이남의 물고기 맛과 이북의 풋나물 맛이
한가지라는 걸 보여주고 싶어라
아, 할 수만 있다면 이렇게
우리나라는 하나여라 하나여라
하나여라

                       - 이동순, 「종다래끼」 전문

종다래끼는 다래끼보다 조금 작은 것을 말하는데, 짚이나 싸리, 대

등으로 엮은 주둥이가 좁고 밑이 넓은 바구니이다. 이 다래끼를 방언으로 '다람치'라고도 한다. 시인은 종다래끼 안에 씨앗을 넣고, 물고기를 담아서 남북으로 오가며 하나를 이루고 싶은 민중의식과 역사의식을 통해 진정한 이 땅의 주인됨의 의식을 표출해 내고 있다.

종다래끼는 이제 하나를 위한 도구가 된 것이다. 그 역할이 농사 도구에서 역사를 담는 역사 도구의 쓰임새로 민족의 기억 속에서 살게 된 것이니 말이다. 종다래끼는 황해도, 함경도, 충청도 사람들이 썼던 옛 물건이다. 이제는 잊히고 있는 농촌살림살이 중 하나이지만 시인은 참마음으로 농구들을 단순한 농업 생산 도구나 연장으로서가 아니라 사람처럼 숨 쉬고 인격을 가진 주체로 끌어안고 있는 것이다.

사라질 운명 속에 놓인 농구 종다래끼를 그리움 속에서 떠올려보고 그 뜻을 되새김질하고 있는 시인의 노력이 우리들을 망각에서 지켜주고 소중하게 건져내주고 있다. 이처럼 시인은 새벽을 알리는 새벽닭과 같으며, 계시를 받아내는 제사장 같다면 이동순 시인의 「종다래끼」는 시인의 사명이 무엇인지, 시적 태도가 어떠해야 할 것인지 한 번쯤 돌아보도록 이끌어 주고 있다.

# 감옥에서의 푸른 편지

대동강물이 풀린다는 우수도 지나고 양지바른 매화 밭에는 하얗게 첫물 꽃이 피었다. 이를테면 새봄이다. 새봄이 온 것이다. 겨우내 갇혀 지낸 것 같아 책방으로 나들이를 나갔다. 형설서점 헌책방에는 주인하고 책들만이 새봄을 맞이하고 있었다. 간간이 참고서를 찾는 손님이 문턱에서 '없다'는 말을 듣고 돌아가는 동안 나는 기형도의 산문집 『짧은 여행의 기록』을 읽고 있었다.

스물아홉으로 생을 마감한 시인 기형도의 「지칠 때까지 희망을 꿈꾸기」라는 목적의 남도기행을 따르며 동시대인으로서 그 앞에 편지를 보내고 싶어졌다. 대구에서 광주, 광주에서 순천을 거쳐 부산, 부산에서 서울로 다시 돌아간 희망의 노트에 몇 글자 적어주고 싶은 말이 있었다. 1988년 8월 2일(화요일) 저녁 5시부터 8월 5일(금요일) 밤 11시까지 3박4일 간의 짧은 여행기간 중 몇 시간씩 머물다 간 광주와 순천에 대해 적은 도시의 이름들을 고쳐주고 싶어서다.

시인은 광주를 '유령의 도시' '화산의 도시'라 하였고, 순천을 '소금의 도시'라 하였다. 시인에게 당시 광주는 지저분한 터미널과 호객하는 아가씨들 침침한 뒷골목을 빠져나와 충금다방 2층에서 적은 첫인상이 유령의 도시였고, 망월동에서 만난 이한열 열사의 어머니

40

와 서방시장까지 동행한 통한의 시간을 보낸 화산의 도시였다.

순천에서는 역전시장을 거쳐 풍덕동 다리까지 서너 시간 동안 머물면서 물고기 썩는 소금 냄새가 물씬 풍기는 도시라고 희망노트에 적었다. 시인은 가고 세기는 바뀌었다. 이제 우리는 광주를 문화수도, 예향의 도시라 부르고 있다. 지금쯤 다시 방문한다면 민주 성지를 거쳐 비엔날레와 국립공원 무등산에서 남도의 정신을 만날 것이다. 또한 갯바람이 물씬거리던 순천은 생태수도가 되었고 제1호 국가정원인 순천만을 두고 예전처럼 서너 시간 만에 떠날 수는 없을 것이다. 시인의 기록은 그래서 희망에 두었다는 것을 다시 읽으며 욕망에서의 희망이 아니라 역사의 희망, 민족의 희망, 희망을 열어내고자 하는 인간에서 광주와 순천은 이렇게 살아있음을 전해주고 싶다.

매화꽃이 피고나면 초록이 물들어 올 것이다. 시인이 희망의 지평을 넘나들 때 15척尺 담장 안에서 신영복 교수는 푸른 수의를 걸치고 감옥에서 편지를 보내고 있었다. "87년이 저물면/88년이 밝아오고/88년이 저물면/89년이 밝아오고/(중략)/계속 밝아옵니다."라고 계수씨 편에 스무 번째 옥중 세모 맞으며 희망을 붙여주고 있었다.

희망은 새봄을 맞는 것처럼 맞는 것이 분명하다. 이러한 희망을 가두고 있는 인간, 그 인간에서 몸부림 친 시인과, 담장 안에서 징역으로 갇힌 무기수의 희망과 시인이 광주에서 전화하려다 그만 둔 송수권 시인의 「초록의 감옥」으로 나는 희망의 단서를 잡게 된 것이다.

초록은 두렵다
어린 날 녹색 칠판보다도

그런데 저요, 저요, 저, 저요, 손 흔들고
사방 천지에서 쳐들어온다
이 봄은 무엇을 나를 실토하라는 봄이다
물이 너무 맑아 또 하나의 나를 들여다보고
비명을 지르듯이
초록의 움트는 연둣빛 눈들을 들여다보는 일은 무섭다
초록에도 감옥이 있고 고문이 있다니!
이 감옥 속에 갇혀 그동안 너무 많은 말들을
숨기고 살아왔다

　　　　　　　　　　　- 송수권, 「초록의 감옥」 전문


　시인은 우울한 유년시절, 부조리한 체험의 기억들을 담은 한 권의
시집(『입 속의 검은 잎』)과 희망의 노트를 우리에게 남겼다. 이제 나는
시인에게 문화수도와 생태수도인 무등無等과 무진霧津의 푸른 편지
를 보낸다.

# 도암 성자 이세종 선생을 기리며

화순 운주사에 대해서는 어지간한 사람들은 다 알고 있는 터이다. 하지만 일제강점기에 수도원적 신앙을 발흥한 등광리를 아는 사람은 많지 않다. 무엇보다도 민중들에 의하여 이룩되었다는 것이 운주사 정신과 맥을 같이한다. 민중신앙, 또 하나의 유적이란 지금도 등광리 사람들이 흠모하는 이공李空 이세종 선생으로부터 시작된 신앙운동이다. 이세종 선생을 정경옥 교수는 〈한국의 성인〉이라 찬사하기도 했다. 선생은 1880년 등광리에서 출생하여 마흔이 돼서야 복음을 받아들였지만 복음을 받아들인 후부터 청빈과 구제를 실천하며 살았다.

선생이 머슴살이로 모은 100마지기 가까운 재산을 아낌없이 환원하고 남은 유품으로는 바가지 3개 정도였으니 선생을 기려 도암면에서는 송덕비를 세우기도 하였고 이러한 청빈과 구제는 많은 사람들로부터 극찬을 받지 않을 수가 없었다. 선생이 가지고 있던 덕은 믿음과 행함을 실현하려는 신앙이라 말할 수 있다. 동양적 자비사상으로 모든 미물에까지 애정을 버리지 않는 창조질서, 환경보존운동의 일환이라 할 만하다. 선생의 마지막 유언도 자연을 떠나지 말라 하였는데 "언덕을 벗 삼고, 천기로 집 삼고, 만물로 밥 삼으라." 고 하였다.

선생이 가르치고 삶으로 보여준 특성이라면 성성聖性에 있다. 성령 받은 사람이라면 먹는 문제, 입는 문제, 아는 문제까지도 초월할 수 있다고 하였다. 선생의 뚜렷한 구도적인 삶은 이단사상도 배격할 수 있는 분별력을 가지고 살았음이 밝혀지지만 널리 보급되지 않은 아쉬움이 크다. 선생은 지나칠 정도로 겸손한 사람으로 살았다. 평등과 아울러 명예심을 버리고 지극한 민중적 자세로 산 것이다. 명석한 두뇌와 뛰어난 지혜로 성경을 볼 수 있었는데 선생의 성경공부는 많은 사람들도 참여하게 하였다. 광주 목사들도 70리길을 걸어 가담하였는데 최흥종, 강순명, 백영흠 씨 등이 그들이다.

선생은 성경연구의 기본을 통독에 두었으며 해석은 성경으로 태도는 전심전력을 다하라 하였다. 기도는 하나님께서 하시려는 뜻을 헤아려 기다리는 것이라 하여 기복적인 것을 거부하였다. 선생은 신사참배를 피해 화학산 너머 한새골에서 생을 마칠 때까지 고행적인 수도생활을 이어갔다. 1942년 2월(음) 63세로 별세할 때까지 신앙생활 20년 동안 선생의 변화는 놀라운 것이었고 오직 성 프란체스코와 같은 신앙자세로 살다 간 성인이다. 더러는 산중파山中派라 하여 그들의 신앙을 기피하는 경향도 없지 않았다. 이는 정치참여보다는 사회참여, 구제 등으로 기성교회 조직을 기피한 것과 병이 들어도 약을 쓰지 않는 것, 순결사상으로 인하여 붙여진 이름일 뿐이다.

하지만 선생의 신앙계승을 이어 등광리에는 지금도 신도들이 교회를 지키고 있으며 광주 등광원, 귀일원과 같은 조직적이지 않은 신앙인들의 사회봉사 참여는 편파주의, 이기주의 시대를 살고 있는 요즘 같은 현실에서 덮어버릴 수 없는 일이기도 하다. 한 성인의 신앙정신을 미화하거나 우상시해서는 안 될 것이나 등광리에서 이룩한 민중적 섬김과 참여종교를 묻혀두기는 너무 귀한 지역문화 유산임이 틀림없다. 운주사와 같은 민중적 신앙유산처럼 기독교 유산도 등광리에 나란히 존재한다는 것에 중요성을 두지 않을 수 없다. 화순군민뿐만 아니라 이제는 모두가 다시 한 번 눈을 돌려 문화유적으로 관심을 가져야 할 것이다.

선생의 제자 이현필 선생의 시집 『나는 너를 사랑하고야 말 것이다』에는 인격과 사람됨에 관한 시로 묶어져 있다. 그 가운데 「나는 너를 사랑하고야 말 것이다」를 읽어보면 민중신앙, 등광리의 기독교 영성을 조금이라도 헤아릴 수 있다.

그러나 나는 너를 사랑하고야 말 것이다.
나는 네 설움을 들으면서,
발버둥치는 호소를 들으면서,
낙엽같이 떨어지는 네 죽음을 보면서,
네 시체를 매장하면서,
나는 너를 사랑하고야 말 것이니,
나의 심장인들 아프지 않으랴?

내 생명이 죽어 끊어지면서,
네 죽음을 내가 또한 들으면서,
나는 너를 사랑하고야 말 것이다.
　　　　　　　　- 이현필, 「나는 너를 사랑하고야 말 것이다」 부분

# 다시 씨알을 생각하는 사람

가을걷이가 마무리돼 가고 있다. 중부지방은 전에 없던 가뭄으로
제한급수까지 하면서 소중한 낟알들을 거두어들이느라 구슬땀 흘리
며 휘어진 허리를 한 번 더 펴야 했다. 농사는 추수의 기쁨이 없다면
당해낼 재간이 없다. 농사를 업으로 하여 한 해 동안 돈벌이만으로
매달린다면 타산에 맞지 않는 일을 누가 하겠는가. 때로는 작파하
고, 때로는 갈아엎어 가면서 그래도 땅을 배반할 수 없기에, 땅을 버
릴 수 없는 천성의 부르짖음 때문에 죽살이를 쳐대는 것이다.

고즈넉한 들판에 서서 오늘은 씨알을 생각한다. 씨알을 움켜쥐고
나락에서 살아나온 사람, 쓸쓸히 꽁초 물고 있는 허수아비 같은 농
부의 뒷모습을 보며 숙연히 고개를 떨어뜨린다. 옛 어른들은 사람을
일컬어 쌀 먹는 벌레라고 하였다. 제 아무리 잘난 사람도 쌀을 먹지
않고는 살 수 없다는 말이겠다. 뿐만 아니라 밥 한 그릇 먹는 식사에
도 밥 먹는다 하지 않고 모신다고 하였다. 씨알은 그래서 생명인 것
이다.

일찍이 함석헌 선생은 동動하면 민중이요, 정靜하면 뜻이라고 씨알
을 풀었던 것이고 씨알민중이 자기 자신의 주체성(뜻)을 깨쳐야 역사

의 주인공으로 등장하게 된다고 하였다. 박재순은 씨알을 정의하면서 씨알은 자연생태계의 가장 밑바닥을 형성하고 있는 생명의 근원으로서 사회의 가장 밑바닥을 형성하고 있는 기층 민중과 통하고 그 특징으로는 자발성, 자유, 조화를 들 수 있다고 설명하였다.

오늘 정신없이 바쁘더라도 이 사회의 지도자들께서는 잠시 가던 길, 하던 일을 멈추고 빈들에 서서 지독한 생명의 명령을 지켜보기를 청해본다. 가을걷이 속에 정치가 있고, 교육이 있고, 역사가 들어 있다. 생명을 경시하는 정치는 폭력이고, 교육은 독설이고, 역사는 죽음이다. 하여 지도자란 이 씨알생명인 민중 속에 담겨진 하나로서 정치를 하고, 교육을 하고, 역사를 이루어가야지 구원자로 자처해서는 동상이몽에 불과한 것이다.

지금 우리들은 십자가에 달린 그리스도를 선포하는 것을 좋게 여기기보다 민중의 한 사람으로 새롭게 역사를 받아 내고, 가르치고, 열어 내며 시작한 그리스도를 말하고 살아야 할 때인 것이다. 가을걷이는 뒤돌아보게 한다. 곧 내일을 어떻게 살아야 할까를 말해주기 때문이다. 깨끗해야 한다. 덕스러워야 한다. 화평해야 한다. 정직해야 한다. 그리고 뜻이 동해야 한다. 씨알 한 알을 움켜쥐고 흐느끼는 들판의 농부를 잊어서는 안 된다. 그가 내 혈족이며 그리스도일지니 그를 생각하며 정치, 교육, 역사에 투신하는 씨알이 될 것을 명심해야 한다.

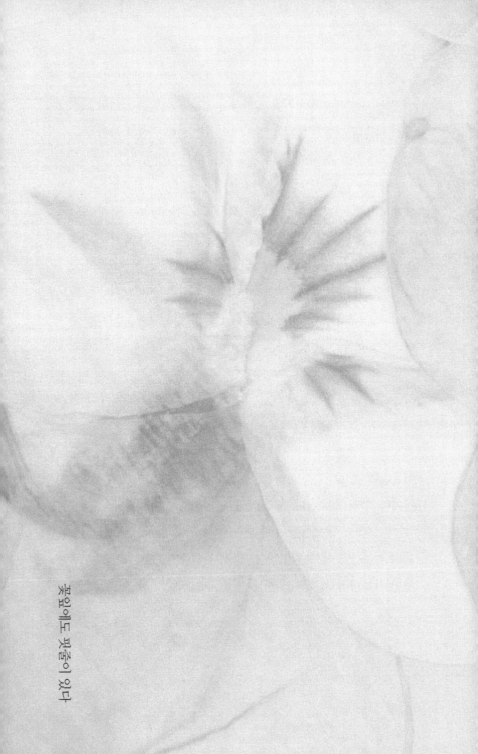

꽃잎에도 핏줄이 있다

제2부

순·천·만·안·개·나·루

# 순천만 안개나루

아침 안개가 이사천에 피어오르면 상사댐 아래로 펼쳐지는 운무의 춤은 감탄이 절로 나온다. 시름 깊은 밤이 지나고 벚꽃과 어우러져 피는 개천의 아침은 생명의 탄생과 신비가 또 하나의 순천을 낳고 있다. 어찌 아침 안개가 개천에만 있으랴, 자욱하게 개펄을 덮어오는 순천만의 해무는 광활한 시민의 이부자리와 같다. 새들이 훨훨 날며 짱뚱어가 눈을 뜨고 펄펄 뛰는 바다가 얼굴을 씻고 나오는 날이면 생의 간절함이 솟아오른다. 물길 따라 학의 날개 같고 선녀의 옷자락 같은 해무의 순천만을 보면서 "자신을 표현할 수 없는 수단이 오로지 시뿐일 때 펜을 잡아야 한다."고 한 마야코프스키의 말이 생각나 한 수 적는다.

안개 속에서 학이
나에게 가르쳐 준 길

날개 펴고 날개 접고

팔 펴고

팔 접고

펴고 접고 펴고 접고

금세 날 것 같다

빈 배 홀로 떠 있고 나는 갈 것 같다

아, 기막힌 꿈

- 졸시, 「안개나루」 전문

어느 시인은 비가 오면 순천만에 가서 빈 배를 구르며 놀다 온다 하고, 또 어느 시인은 소주를 입에 털어 넣고 술기운에 속말 다 쏟아 놓고 온다 하고, 송수권 시인은 "갈목비로 싹 쓸어버리고 싶은 그 갈 밭 사잇길에는/오늘도 사람들이 넘실거려 몸살을 앓는다"(「갈목비 1」 부분) 하였고, 나는 바람 부는 날이면 자전거를 타고 대대선창까지 달려가곤 한다. 페달을 밟으며 강둑길 따라 육지의 끝에 서면 늘 끝이 아니라 새로운 시작을 만나고 오기에 어느 때부터인가 '언제나 처음처럼'이라는 순천만이 준 생각 하나를 지니고 산다. 이처럼 순천만에 이르는 자전거 길은 또 하나의 치유(healing)의 길이며 해무에게 갈 수 있는 생명의 길이기도 하다.

2012년 9월 13일(목)자 모 일간지 기사에 '순천 자전거도로 유명무실'이라는 톱뉴스가 보도된 바 있었다. 순천시가 '온누리 공영자전거' 사업시행 결실이 있기 전 기사이지만 지금은 전국에서 자전거

51

타기 제일 좋은 곳으로 정평이 나 있다. 동천과 순천만을 잇는 자전거도로 24km는 어느 환경과 비교할 수 없는, 순천이 자신 있게 내놓는 자랑거리가 되었다. 자전거 타고 바람을 가르면서 가다 보면 무인궤도차가 지나가고, 온몸을 흔드는 갈대들의 소리를 들을 수 있으며, 파랗게 물들어 가는 여름을 만나게 된다. 그 곳에 순천시와 프랑스가 상호 우호교류 협력증진 차원에서 2009년에 준공한 낭트정원이 있다. 아름다운 정원과 함께 순천이 자랑하는 소설가 김승옥과 동화작가 정채봉의 문학관이 자리하고 있어 얼마나 멋들어진지 알 수 없다.

시간도 삶도 안개 되어 떠돌던 음험한 공간, 김승옥은 『무진기행』을 통해 가장 슬픈 힘을 쏟아놓았는데 그 공간적 무대가 펼쳐지고 있는 곳에서, 동심이 세상을 구원한다고 한 정채봉의 영혼의 고향 냄새를 한없이 맡을 수 있음은 얼마나 큰 선물인가. 이 멋진 순천문학관을 갯내음이 녹아드는 곳에 자리한 것은 개펄이 숨 쉬는 생태수도의 문학정신에서 비롯됐다고 할 수 있다.

누구든지 생명의 정원을 품고 있는 문학의 고장 순천에서 자전거 타고 하루를 조용히 관조할 수 있다면, 어느덧 안개가 걷히고 무한한 동심에 들어 영혼의 구원을 노래하게 될 것이다. 일상생활을 통한 배움과 경험을 나누는 것이야말로 참다운 산교육이라 믿어 선생님 손을 잡고 나온 어린이집 아이들을 보면 '문턱이 닳도록 와서 마음껏 놀다 가거라.' 거나하게 인심을 쓰고 싶어진다.

페달을 밟아주어야 넘어지지 않고 갈 수 있는 자전거처럼 인생의 두 바퀴를 굴리면서 안개와 해무가 있는 순천에서 멋진 추억을 만들어볼 것을 적극 권한다. 안개나루라는 공식 명칭은 없지만 안개 낀 천변과 해무의 바닷길로 달려보는 것 또한 『무진기행』을 읽듯이 인생페이지를 넘겨보는 것, 슬픈 힘을 쏟아보는 것이라고 오늘도 순천만은 그렇게 부르고 있다.

# 꽃잎에도 핏줄이 있다

만나면 헤어지고 헤어지면 또 만나게 되는 것이 우리네 인생사이다. 그러나 만남 뒤에 오는 상처는 헤어짐의 아픈 흔적보다 더 큰 상처로 남을 때가 종종 있다. 진솔한 만남이 아니었을 때 그 사람의 인격이 들여다보이고, 가면을 벗어버리듯 포장된 관계가 드러나면 거기서 외상外傷이 남는다. 사람이 상처받는 일에 사람 말고 다른 것이 얼마나 더 있던가. 이별을 예고하며 차라리 떠나는 것이 유익하다고 말할 수 있었던 이는 예수밖에 없다. 이런 승화적인 이별이야 상처보다는 위로가 될 수 있지만, 사랑하니 떠난다는 말로도 상처는 매한가지다.

누군가는 풍경소리 가득한 자연에서 자신을 만나고 싶다고 하였다. 잠시 사람들의 곁을 떠나 "풍경소리만 들리는 자연이면 좋겠다. 사람들 사이를 벗어나 자연이면 좋겠다. 혼자 나를 만나면 좋겠다."고 말이다.

일상을 잠시 접어두고 산길을 걸어 조계산 천자암 쌍향수를 만나러 길을 나선다. 조계산은 참 많은 이야기를 품고 있는 산이다. 1979년 12월 도립공원으로 지정되었고, 봄철의 벚꽃·동백·목련·철

쭉, 여름의 울창한 숲, 가을 단풍, 겨울 설화 등이 계곡과 어우러져 사계절 모두 독특한 경관을 이루는 산이다. 또한 송광사와 선암사, 여러 사찰의 이름난 많은 문화재가 있음은 널리 알려진 바다.

그 가운데 사람의 예를 배우기 위해 천연기념물 제88호인 곱향나무 쌍향수가 있는 천자암에 오른다. 산 중턱에 차를 대놓고 잠시 경사진 길을 숨이 차도록 오르면 팔백 년 된 향나무를 만날 수 있다. 전설에 의하면, 고려시대에 보조국사普照國師와 담당국사湛堂國師가 중국에서 돌아올 때 짚고 온 향나무 지팡이를 이곳에 나란히 꽂은 것이 뿌리가 내리고 가지와 잎이 나서 자랐다고 한다. 담당국사는 왕자의 신분으로 보조국사의 제자가 되었는데, 나무의 모습이 한 나무가 다른 나무에게 절을 하고 있는 듯하여 예의 바른 스승과 제자의 관계를 나타내는 모습이라고 말하기도 한다. 이 얼마나 출중한 가르침의 이야기인가. 이 한마디 이야기를 듣고 하산한다 할지라도 조계산이 우리를 부르는 까닭을 알 수 있다.

산길에는 노랗게 꽃이 피는 또 하나의 이야기를 만날 수 있다. 꽃이나 외관으로는 알 수 없는 피나물의 상태이다. 연한 줄기와 잎을 꺾으면 피와 비슷한 적황색의 유액이 나와 피나물이란 이름이 붙게 되었다는 말, 그 말이 사실이었다. 꽃잎에도 피가 흘렀고, 흘렀다는 것을 알게 해준 피나물을 잊을 수가 없다. 이젠 꽃은 떨어지고 잎과 줄기도 없어지며 긴 삭과의 열매만 만들고 있는 피나물에서 한철의 인생을 배운다. 피같이 진한 만남에서, 헤어짐으로 누가 그것을 소유라 할 수 있겠는가. 피를 나눈 자식도 내 소유가 될 수 없는 것이거늘 하물며 영혼을 목적으로 한 만남에 누가 누구의 소유가 될 수 있다는 말이던가.

　사람에게 소속은 있을 수 있지만 소유는 있을 수 없다. 특히 종교에서 말이다. 내 신도, 내 신자란 말을 누가 감히 할 수 있단 말인가. 그리할 수 있다면 그 영혼을 갈취한 것이다. 영혼의 자유가 보장되지 않는 종교는 버려야 한다. 그리고 속지 말아야 한다. 영성을 지도하는 사람들은 친구 이상의 관계가 아님을 잊어서는 안 된다. 다시 말하면 당신에게서 영성 지도를 받지 못하겠노라 하면 두 말할 것 없이 보내주는 것이 옳은 처사이다. 신도나 신자를 두고 서로 싸우는 일은 너무 유치한 일이다. 그것은 신앙이라는 흐름을 모르는 것이며, 출가의 의미를 깨닫지 못한 속인들의 행동이다. 회자정리會者定離, 만나면 언젠가는 헤어지게 되어 있다 했듯이 인연한 삶의 과정에서 맹목적인 욕심을 버려야 한다.

　꽃잎에도 핏줄이 있듯이 인생에는 아름다운 인연이란 혈관이 있다. 자연스럽게 꽃이 지고, 잎과 줄기가 떨어지고, 씨앗을 남기는 것처럼 외상外傷이 아닌 아름다운 이별의 열매를 남기는 피나물과 서로 존중히 기대어 도를 이루어가는 조계산 여름 숲으로 마음산행을 떠나보시라, 혼자 자신을 만날 수 있을 것이다.

# 순천만의 마지막 염전

문득 길을 나서고 싶은 가을이다. 복잡한 도시를 벗어나 실컷 바람에 몸을 맡기고 흔들리고픈 가을이다. 기왕이면 갈대나 억새가 흐드러지게 핀 출렁이는 길이라면 더 바랄 것이 없겠다.

마음먹은 대로 길을 나선다. 누렇게 익은 벼들이 물결치는 순천만이다. 인안들을 지나 장산들 사이 농수로를 따라 갈대와 억새가 피어 있는, 사람 발길이 많지 않은 호젓한 길이다. 홀로 수로를 찾은 왜가리와 눈인사를 나누고 금세 장산들에 올라서니 제방 너머로 붉은 빛을 띤 칠면초가 보이고 채렴採鹽하던 폐염전이 보인다. 폐염전을 바라보고 있자니 어렸을 적 어머니 따라 신온리 염전에서 소금 지고 나오다 넘어졌던 생각이 꽃처럼 피어난다.

애기지게에다 천일염 한 포대 지고는
염전 개울에 빠져 쩔쩔매고 있었다

앞서 가시던 어머니 뒤돌아보며
괜찮냐, 한 마디에
나도 녹고 소금도 금세 녹았다

57

(중략)

장산들 양식장 둑에 나앉아
희게 피는 것들의 속도를 짚어본다

새우가 뛰던
지난가을 생각하니
소금구이 맛 무던히 즐겼던 것이다

- 졸시, 「소금밭 추억」 부분

사라지는 것들에 대한 아쉬운 마음으로 소금꽃 보러 순천만의 마지막 염전이 있는 별량면 동송리를 찾아간다. 조그만 간이역 원창역을 지나 별량염전은 가을햇살 아래 엊그제 내린 빗물을 머금고 벌쭉이 앉아 있다. 양식장과 들판에 둘러싸여 순천만 갯벌 맛으로 추분 소금을 준비하고 있는 별량염전.

과거 순천만에는 신안 다음으로 염전이 많았었다. 지금은 양식장이나 논으로 혹은 태양광발전부지로 변해 버리고 별량면에 유동만 씨 부부가 직영하고 있는 별량염전 하나뿐이다. 중국산 소금이 들어오게 된 것과 젊은 노동력의 감소로 인하여 염전은 문을 닫게 되었고 농토로, 습지로 바꿔진 채 지금도 토지대장에는 염전이지만 논으로 경작하는 경우가 대부분이라고 귀띔하였다.

순천만 일원은 갯벌이 좋아 토판염을 많이 할 수 있었고, 소금의 질은 전국에서 손꼽히지만 이제는 그 명맥마저 사라질 위기에 처해 있어 안타깝기만 하다. 본래 염전 일을 모르고 살던 유동만 씨 내외는 뒤늦게 염전 일을 맡아 하게 되었고, 장인 아닌 장인으로 순천만 소금 보급에 남다른 수고와 정성을 기울이고 있는 터이다.

처음에는 신안으로 염전 수업을 가기도 했고, 몇 번이나 시행착오를 거듭한 후 기술자를 들여 직접 배운 덕에 오늘의 성과를 가져올 수 있었다고 한다. 지금은 프랑스 게랑드 소금보다 일곱 배나 더 우수함을 입증하는 논문도 나오게 됐다고 함박웃음을 짓고 있다. 그 비결을 물으니 물 만들기에 달려 있단다. 염도가 다른 지역보다 낮아 바닷물을 일곱 번 토판을 거쳐 장판 깔은 바닥에 올려야 제대로 된 천일염을 채렴할 수 있다는 것이다.

순천만 갯벌은 사질이 섞이지 않아 타일을 깔 수 없고 장판을 깐 장판염을 하는 데 전국 염전의 70%가 장판염이라 하였다. 별량염전의 특징은 천일염의 우수성도 있지만 진짜배기 함초소금을 만드는 데 있다. 순천만 장산들을 지나 우명을 향하다 보면 불무골이라는 지명이 있는데 이곳이 우리나라 전통 방법이던 화염을 만들던 곳이었다. 이 불무골 말고도 여러 곳에서 화염을 만들었다고 한다. 일제 강점기에 시작하여 1960년대 이후 토판염이 흥행하다 이제 전통방법을 통해 순수한 함초를 넣고 만드는 자염을 생산하고 있다.

함초는 많이 넣어도 안 되고, 적게 넣어도 그 효과를 기대할 수 없어 정확히 22%가 알맞다는 것이다. 이를 위해 함초밭을 따로 관리하고 있으며 함초를 건조하는 비닐하우스도 두 동이나 지어 있다. 함초뿐만 아니라 갈대, 돼지감자, 홍삼 등 다양한 소금 개발을 통해 지역경제는 물론 순천만 소금의 가치를 이루어가는 데는 순천만함초영어조합의 공동노력이 뒷받침되고 있기 때문이다.

순천시는 순천만갯벌복원사업을 통해 42만㎡의 폐염전을 역간척사업으로 추진하고자 계획하고 있다. 좋은 결과가 있을 것이라 기대하며 마지막 남은 염전이 전통산업으로 관리보존될 수 있도록 새로운 방안이 절실히 요구되고 있다. 바다의 산삼이라 부르는 함초를 섞어 만드는 최고의 소금은 전통으로 빛나는 순천의 자랑이다. 짱둥어 한 마리가 소중한 것처럼 마지막 염전 소금꽃은 순천만 갯벌의 보고이다.

# 무소유의 길을 걸으며

법정 스님의 『오두막 편지』 중 한 자락을 펼친다. "진정한 만남은 상호간의 눈뜸[開眼]이다. 영혼의 진동이 없으면 그건 만남이 아니라 한때의 마주침이다. 사람한테서 하늘 냄새를 맡아본 적이 있는가. 스스로 하늘 냄새를 지닌 사람만이 그런 냄새를 맡을 수 있을 것이다." 사람을 만나는 데 있어야 할 영혼의 진동과 하늘 냄새라니 스님의 말을 염두에 두고 산문을 들치고 들어간다.

사실 사람으로 기뻐하고, 사람으로 상처받는 것이 우리네 인생 아니던가 생각해 본다. 나는 얼마나 기쁨의 대상이었고, 얼마나 상처를 주며 살았는지. 그래서 시인 김현승은 가을에는 기도하게 하소서 했던가. 낙엽이 지는 때를 기다려 내게 주신 겸허한 모국어로 채우길 바라던 시인처럼 조계산 무소유의 길을 걸어본다.

아침 햇살을 받으며 산을 찾은 사람들이 많다. 어느 중년 부인이 여기가 순창인지, 순천인지 모르겠단다. 그도 그럴 것이 명산대천 발길 많은 요즘 왜 아니 헷갈리겠나 싶었다. 이곳은 순천시 송광면입니다. 간단히 모국어가 통해서 다행으로 두고 무소유의 길에 들어서니 가슴이 뛰기 시작한다.

무소유의 길은 아름드리 편백나무와 삼나무, 참나무, 대나무 길로 난 800m의 명상의 길이다. 잔잔한 물소리와 새들의 노래로 길 동무 삼아 조용히 흙길을 걷는다. "명상은 열린 마음으로 귀 기울이고 바라봄이다. 이 생각 저 생각으로 뒤 끓는 번뇌를 내려놓고 빛과 소리에 무심히 마음을 열고 있으면 잔잔한 평안과 기쁨이 깃들게 된다."(법정, 『오두막 편지』 중에서) 이렇게 한 짐을 내려놓고 나니 딱따구리가 내는 소리가 제법 목탁소리처럼 들린다.

길은 높아지고 있지만 머리와 가슴은 상쾌해지고, 낙엽과 보드라운 흙을 밟고 걷는 걸음은 어느덧 산과 하나가 되고 만다. 비웠음일까, 채웠음일까 물아일체 같은 이런 순간들을 우리는 몇 번이나 경험하며 살았던가. 덧없는 것들로 얼마나 힘들어하고, 눈물지으며, 탄식하고 오열하며 살아왔는지 스님이 내놓은 무소유를 음미한다. "무소유란 아무것도 갖지 않는다는 것이 아니라 불필요한 것을 갖지 않는다는 뜻이다. 우리가 선택한 맑은 가난은 넘치는 부보다 훨씬 값지고 고귀한 것이다."(법정, 『산에는 꽃이 피네』 중에서) 맑은 가난, 치열할 것 같으면서도 산의 주인들처럼 가을빛으로 조화로운 삶의 자리를 돌아보며 마지막 모습을 생각한다.

길옆에 유난히 붉은 천남성 열매를 유심히 들여다보다 누군가는 저 몸에서 나온 사약을 받고 이슬이 되었을 것이라 생각하니 머릿속에 붉은 신호등 하나 켜진다. 정지선에서 기다리는 자동차처럼 한참을 멈추고 다시 대나무 길을 오른다. 대나무는 하나하나로 보이지만 알고 보면 온 뿌리로 연결되어 살고 있음을 알 수 있다. 꽃이 피면 한꺼번에 다 죽는 것이 대이기 때문이다.

꽃이 피고 함께 다 마무리하는 그 앞에서 스님의 아름다운 마무리를 읽는다.

"아름다운 마무리는 처음의 마음으로 돌아가는 것이다. 아름다운 마무리는 내려놓음이다. 아름다운 마무리는 비움이다. 아름다운 마무리는 용서이고, 이해이고, 자비이다."(법정, 『아름다운 마무리』 중에서) 산다화가 반겨주는 묵언정진의 집에 들어서서 그 아름다운 마무리의 뜻이 무엇인지 조용히 바라본다.

댓돌에 놓여 있는 고무신과 조용히 놓고 간 삶의 흔적들이 있는 듯 없고, 없는 듯 있는 고요라니, 물 한 잔 축이고 벽에 걸려 있는 청산별곡 사설 한 대목을 읽는다. "청산에 살어리랏다" 스님이 잠들어 있는 후박나무에 기대어 먼 산을 바라본다. 드디어 나는 잠시지만 청산에 들었다. 청산은 말이 없고 나는 가야 한다. 가서 용서하고, 이해하고, 자비롭게 살아야 한다. 무소유의 길은 진정한 명상의 길, 영성의 길임을 생각하며 돌아오는 발품이 정말 오지다.

이런 영혼의 선물을 받고 순천에서 살고 있다는 것이 너무 행복하다. 순천만을 중심으로 개설한 남도삼백리 길은 주제별 이야기가 있는 대한민국 실크로드 길이다. 모두 제11길로 순천이 완성한 길, 순천의 문화, 역사, 생명이 넘치는 길이다. 그 길에는 우리들의 작가 김승옥, 정채봉, 법정 스님이 있다.

와온에서 화포에 이르는 제1길 순천만 갈대 길에는 소설가 김승옥과 동화작가 정채봉이 있는 문학의 길을 걸을 수 있다. 선암사에서 송광사에 이르는 제9길 천년 불심 길 바로 그곳에는 법정 스님이 있는 명상의 길이 있다. 종교를 떠나서 생전에 이 분들이 교우하며 거닐었던 생태의 길, 순천의 길을 걸으며 사람이 사람답게 살아가는 선한 길을 가을이 다 가기 전에 걷는 것만으로도 의미가 있다.

# 보리피리 꺾어 불며

청보리가 파랗게 오르면 속대를 뽑아 입에 물고 피리를 불며 놀던 어린 추억이 생각난다. 물오른 버들개지를 벗겨 불거나 풀잎을 따 손바닥 사이에 넣고 아무렇게나 불어대던 어린 봄날이 있었다. 풀이 파랗게 자란 언덕, 토끼풀로 꽃반지를 만들고 목걸이와 화관도 만들며 놀던 기억들이 아스라이 밀려온다.

2016년 5월 17일은 소록도에서 큰 행사가 있었다. 국립소록도병원 개원 100주년 기념식과 아울러 제13회 한센인의 날, 한센병박물관 개관식이 있었다. 개관식에 맞추어 남포미술관 곽형수 관장의 지도하에 준비된 글, 시화, 그림들이 전시되었다. 여러 작품들 중에 「소록도 연륙교」라는 시가 오랫동안 발걸음을 붙잡았다.

아! 이런 일이…
저 바다에
다리가 서 있네
한센인들 눈물 흐르는 바다
훌쩍 한 걸음이면 건널
육지로 갈 다리가 놓였네

저 다리
짓눌리는 억압에서
피눈물로 자유 갈망하던
굶주림에 먹을 것을 찾던
그래서 바다에 뛰어 들었던
슬픈 혼들이 모인 것일 거야
부모 형제 그리고
고향 흙냄새 그리워
숨 막히는 섬 벗어나려
저 바다에 몸 던져 헤엄쳤지
무서운 급류에 밀려 숨 거두고
파도에 잠겨 고혼되었던 아우성의 바다
이제
그 슬픈 혼들이 모여
저 육지로 나가는
긴 다리가 되었을 거야.

　　　　　　　　　　　- 강선봉, 「소록도 연륙교」 전문


　다리는 곧 소통의 상징물처럼 푸른 물굽이 휘돌아 가는 바다를 건너고 있지만 한하운의 「보리피리」는 소록도를 지금도 슬프게 한다. 시인이 걸었던 전라도 길, 소록도 수탄장에 서서 불었을 보리피리는 다름 아닌 인골적의 소리였으리라.

　인골적人骨笛이란 선남선녀를 생매장하여 도색이 풍기는 뼈를 골라내어 그것을 잘 다듬고 구멍 뚫어서 만든 피리인데 시인은 「인골적」이란 장시를 우리에게 남겼다. "오, 오소리티여/인골의 피리는 엉엉/못살고 죽은 선남선녀의 생령이/한 떨기 꽃을/한 마리 새를/한

가람 강물을 찾으며 운다/"(한하운, 「인골적」 부분) 이처럼 시인은 생명의 원이 담긴 울음을 울었던 것이다.

우정사업본부에서는 개원 100주년 기념우표를 발행하였다. 또한 법률신문은 오는 20일 소록도에서 특별재판을 연다고 밝혔다. 이는 사법부가 1세기만에 소록도에서 여는 특별 재판이 되는 것으로 일제 강점기 오마도 간척사업, 단종·낙태수술 등 유린당한 인권의 피해보상이 해결되는 정점이 되리라 기대되는 바이다.

이제 소록도는 천형의 땅이 아니다. 풀피리 불며 슬프게 울고 있는 섬이 아니다. 서러운 그들을 붉게 피는 홍화라 부르기도 하였다. 다르게는 잇꽃이라 부르는데 처음 꽃이 필 때는 노란색이지만 점차로 주황색으로 변했다가 결국 붉은 색으로 변하게 됨으로 붉은 꽃 즉 홍화紅花라고 부르기도 한다. 꽃은 붉은 염료의 원료로 쓰고 씨는 미량의 백금 성분이 들어 있어 연골에 탁월한 효능을 지니고 있는 것으로 알려지고 있다. 뼈를 붙게 만들어준다니 뼈에 사무친 슬픔이 붉게 피는 꽃처럼 피어나 수탄장의 울음이 그쳤으면 좋겠다.

한하운이 소록도로 터벌터벌 걸어 들어갈 때
발가락 떨어져 절름거렸던

문둥이 친구들과 떨어진 발가락
양지바른 곳에 장례 치르고
성하고 성한 사람이 되려고 심어놓은
백광白光의 시가 수탄장에서 울었다

자살 아끼기 위해 살아낸 노래
문화 빨치산 누명 쓰고 피던 빨간 모가지 꽃
오히려 부끄러워 울던 천벌의 입으로
단숨에 불었다

피-ㄹ 닐니리

봄 피리 섞은
꽃의 눈물 타 부르던 인골적人骨笛의 소리

오마 간척사업장에 불려가
뼛속까지 속고 돌아와 앓는
불안한 꽃들과 또 동산 하나 만드는 섬

파랗게 자라는 손가락 사이로
섬 자락 칠월은
불그스름한 얼굴이 댕강댕강 피어나고 있다

- 졸시, 「잇꽃」 전문

한하운 시인이 1953년 느닷없이 한하운은 가공인물이며 '문화 빨
치산'이라는 누명을 쓰고 일부 언론의 부추김으로 경찰과 국회에서
까지 문제가 되었던 적이 있었다. 취재요청(서울신문)을 받고 즉석에
서 「보리피리」를 써 보임으로써 가공인물이 아님을 증명해 보였던
것처럼 우리는 보리피리 꺾어 불며 수탄장에 섰던 시인 한하운과 댕
강댕강 피어나고 있는 잇꽃을 서럽도록 잊을 수가 없다. "쳐다보기

만 해도 옳는다고/고개 돌리며 다니던 문둥섬"(졸시, 「갯벌 풍류 19」
부분)에 어머니 브로치 같은 칡꽃이 덮은 칠월, 파도는 하얗게 뒹굴
어 섬을 감고 있다.

# 아버지 흙발 터는 남포미술관

 사전선거를 마친 지인들과 비가 내리는 수요일에 고흥을 다녀왔다. 흩뿌리는 빗줄기 속에서 선거 이야기는 금세 대자연의 봄을 읽느라 몸과 마음이 어린아이들처럼 들떴다. 행복의 발산지 고흥에 들어서는 것은 누구랄 것도 없이 기분 좋은 나들이가 아닐 수 없다. 팔영산의 정기가 흐르는 북향의 도량 능가사를 돌아 나오다 굽이쳐 흘러넘치는 푸른 물굽이 남해의 눈빛에 빠져들었고, 산자락에 자리한 정겨운 미술관 남포미술관에 들렀다. 곱게 석분이 다져진 운동장에는 비를 머금은 자란이 온몸을 흔들며 우리를 반갑게 맞아 주었다.

 몇 년 만에 다시 찾은 미술관에 우리들은 첫 손님이 되었고 관장 곽형수 화백을 뵙는 횡재를 누렸다. 관장께서는 제1전시실부터 제4전시실까지 한 작품 한 작품 한 시간이 넘도록 우리를 이끌어 그림과 인생, 역사를 안내해 주었다. 살다보니 이런 호사를 다 누린다고 지인들은 연신 감탄을 연발하였다.
 한때는 학생들이 뛰어놀고 학업에 정진하던 영남중학교, 선친이 남기신 학교를 미술관으로 고쳐서 문화와 예술의 열정을 쏟아놓은 남포미술관이 작년 10주년을 맞이하여 기획전을 여덟 차례나 갖게 되었다는 것은 미술계의 업적으로 남는 치적임이 분명하다. 특히 2013년에는 국립소록도병원 뒤편 대형 벽화 〈염원·소록도의 꿈〉을 제작하기도 하였고, 연간 관람객이 30,000명이 넘는 명실공히 남도의 자랑스러운 미술관으로 거듭나고 있다. 이제는 고흥의 미술관이 아니라 대한민국의 미술관이 된 것이다. 자랑스러운 미술관을 나는 이렇게 기억하고 있다.

> 오지호기념관에 가면
> 모후산 메주콩 삶는 냄새가 난다
> 남농기념관에 가면
> 노적봉 닮은 남근이 불끈 솟는다
> 순천만 화포에 가면
> 쪽빛 바닷가에 사는 여인이 있다
>
> 백민미술관에 가면
> 보성강 씻은 절창의 소리 들린다
> 남포미술관에 가면
> 팔영산 아버지 흙발 털고 계신다
> 봉화산 아래 화포에 가면
> 아침 해 이고 나오는 그녀가 있다
>
> - 졸시, 「화포에 가면」 전문

　사람들에게 가장 가까이 있는 미술관을 만들고자 한 곽 관장의 예술정신은 지상주의에 빠지는 것이 아니었다. '사람이 곧 시이듯이, 사람이 곧 미술이다'를 담아낸 결실이 오늘에 이르게 된 것이다. 일터에서 일하다 흙발을 털고 들어와 작가를 만나고 작품을 대하며 인생을 논하기도 하고, 쉼터 삼아 휴식을 취하다가 일터로 나갈 수 있는 공간이 팔영산 자락에 펼쳐 있다.

미술관은 지역 작품만이 아니라 세계를 아우르는 현대미술작품 500여 점을 소장하고 있으며, 오직 작품을 관람자에게 조금이라도 더 전하고 싶은 강한 메시지가 있는 곳이다. 그 메시지 가운데 하나는 기존 매다는 작품에서 거는 작품으로 처리하고 있다고 곽 관장은 설명을 더해 주었다. 미술은 잘 몰라도 시선이 줄에 빼앗기지 않는 소통의 자세는 너무나 흡족하고도 남는 일이었다.

남포미술관이 소장하고 있는 귀한 작품들을 돌아보며 예술을 통한 무한한 상상이 우주를 향해 대한민국을 쏘아 올리는 꿈이 있었음을 확인하게 되었다. 특히 남포미술관만이 추구하는 정신은 상업성에 있는 것이 아니라 오래도록 고전될 수 있는 작품들에 대한 아낌없는 투자에 있다는 것이다.

그런 취지하에 지극히 한국적이며 남도의 정신을 해학적으로 승화시킨 석현 박은용 선생의 작품은 남포미술관이 소장하고 있는 백미 중 하나이다. 또한 청각장애를 가지고 고향 외나로도에서 작품 활동만을 일관한 최주휴 선생의 작품들은 남포미술관에서 관람할 수 있는 명작들이다.

고흥에는 팔영산 자락을 감돌며 인생의 등불을 밝히고 있는 두 도량이 있다. 능가사가 있고, 남포등처럼 낙후된 지역을 밝혀주며 삶의 질을 높여주는 남포미술관이 있어 우주를 거닐 수 있도록 오오래 타 빛날 것이다.

# 달맞이꽃 피는 농심

이슬이 조랑조랑 맺힌 버드나무 길을 걸으며 아침을 맞는다. 먼저 산책 나온 한 여인이 노란 꽃을 솎아 따고 있는 모습이 정겹다. 수크렁에 사진기를 들이대고 셔터를 누르고 있는 사내, 아내를 기다려주는 남편이 살갑게 보인다. 살짝 목례로 인사 나누고 걷는 발걸음에 콧노래가 흘러나온다.

"얼마나 기다리다 꽃이 됐나/달 밝은 밤이 오면 홀로피어/쓸쓸히 쓸쓸히 미소를 띠는/그 이름 달맞이꽃" 김정호의 〈달맞이꽃〉을 흥얼거리며 떼를 지어 노는 물고기들 앞에서 걸음을 멈췄다. 마침 냇물을 길어 공휴지에 심은 팥에다 물주고 있는 한 노인을 만났다.

노인은 여든이 되도록 인생 헛살았다고 한다. 말인즉슨 잉어를 잡아 건강원에 맡겼더니 팔뚝 이상 되는 것이래야 약이 되는 것도 몰라 다 버렸다는 자책 섞인 말이었다. 우리는 한참동안 새끼를 거느리고 있는 잉어 떼를 보고 있었다. 농약을 쓰지 않던 때는 참말로 고기들이 많았었다는 노인에게서 쓸쓸한 얼굴을 읽었다.

굳이 공휴지에 농작물을 붙이지 않아도 될 텐데 싶었다. 하지만 노인은 시로부터 승낙 받고 하는 일은 아니지만 그대로 두고 싶지 않아서란다. 그렇게 노인은 몇 년째 소득 없는 농사를 계속하고 있다. 콘크리트 위로 걷어 올린 퇴적토에 심고 또 심는다. 농사처가 없는 것도 아니다. 노인은 그냥 풀을 쳐 내고 올해는 팥을 심었다.

팥으로 떡을 해 먹으면 얼마나 맛있던가! 맛있던가! 몇 번이나 되뇌던 말은 끝내 아리게 들렸다. 소박한 아버지 마음, 땅심이 묻어나는 할아버지 마음, 농부의 마음에 젖어보는 행복한 순간이었다. 가끔은 폐 끼치지 않도록 논둑을 걸어보는 것, 밭둑을 걸어보는 것이야말로 둘레길 못지않게 정서적으로 이만한 것도 없을 것이라는 생각이 든다.

여름철에는 아침 일찍 일하지 않으면 일할 시간이 없다. 한낮에는 더워서 들에 나가 일하는 자체가 큰일 날 일이다. 어느덧 예초기로 논둑을 두르고 있는 곳까지 왔다. 마을 이장님이 예초작업을 하고 있다. 비 오듯 얼굴에는 땀이 흘러내리고 예초기는 힘겨운 소리를 지르고 있다. 하지만 그 얼굴에는 잔잔한 미소가 깃들어 있다. 논둑에 서 있는 달맞이꽃을 베버리지 않고 돌려놓는 솜씨가 예사롭지 않다.

그늘이 걱정된다 했더니 그늘만큼 덜 먹으면 된다고 한다. 너무 아름다운 농심을 만났다. 친환경이라는 말을 자주 듣고 살지만 이렇게 친환경적인 말은 들어본 적이 없다. 어부들이 바다가 내주는 만큼이라고 하듯이, 농부에게도 꽃을 꽃으로 돌려놓는 마음이 정작 친환경이었던 것이다.

달맞이꽃, 꽃을 보며 키운 저 논에서 나온 쌀은 얼마나 맛있을까. 저 꽃 같은 마음으로 키운 쌀을 '달맞이꽃 쌀'이라고 부르고 싶다. 달맞이꽃은 그 효능도 다양하여 이슬에 젖은 꽃 따는 여인이 그 효능을 알고 있었던 것이다. 야래향夜來香이라고도 하는 달맞이꽃의 효능은 이렇다.

달맞이꽃 씨에는 감마리놀레산이 풍부해 기름으로 짜서 약으로 복용한다. 달맞이꽃 씨앗 기름은 혈액을 맑게 하여 콜레스테롤 수치를 낮추고 혈압을 떨어뜨리며 비만증, 당뇨병에도 좋다. 체내 염증을 유발하는 물질을 막아주고, 여드름이나 습진, 무좀 등 피부질환에 효과가 좋다. 면역력을 길러주며 암세포의 성장을 억제하는 효과도 있는 것으로 알려져 있다.

달맞이꽃보다 더 건강에 좋은 것을 어디서 얻을 수 있단 말인가. 소도 마다하지 않고 어린순을 잘라먹고 살이 찌니 말이다. 순천에는 예로부터 논농사가 적지 않은 지역이다. 쌀에 붙여진 이름만도 수십 개에 이른다. 〈하늘 아래 첫 쌀 순천 햅쌀〉〈순천미인 쌀〉〈순천만갈대 쌀〉〈팔마미인 쌀〉 등 순천의 이미지를 나타내는 쌀 이름들이 전국적으로 각광을 받고 있다.

좋은 브랜드에 선호하는 것은 천혜의 자연조건뿐만 아니라 순천인의 농심이 들어있기 때문이다. 멋과 맛을 겸한 풍광수토의 땅 순천에서 생산되는 쌀은 달빛 같은 은은한 향을 버무려 놓은 달맞이꽃 쌀이기 때문이다. 수입쌀이 우리 식탁을 범접하지 못하게 두렁을 두르고 돌아가는 이장님의 뒷모습을 보니 올 농사도 풍년일 것이라고 뻐꾸기는 이 산 저 산 불러대고 있다.

누구는 꽃으로 슬퍼하고, 누구는 꽃으로 건강을 찾기도 한다. 하찮은 꽃일망정 땅에 두고 한 철의 생을 미쁘게 살아가는 가난한 농부의 마음에서 피어나는 힘을 보았다. 달맞이꽃으로 피어나는 농심을 보았다. 참 아름다운 아침이다.

# 엄마 없는 하늘 아래

1997년 이원세 감독이 제작한 〈엄마 없는 하늘 아래〉(The World Without a Mother)는 당시 관람객 11만 명의 눈물샘을 자극한 영화였다. 어린 동생 둘을 데리고 정신착란에 시달리는 아버지를 둔 영출이가 보여준 꿋꿋한 소년가장 이야기가 대통령의 마음까지 흔들어 놓았던 것이다.

염전에 나가 품삯으로 500원을 받아 동생들을 돌보던 영출이, 울고 싶어도 울지 못하던 기억이 또렷하다. 입을 틀어막고 엄마를 부르며 오열하던 영출이가 격동의 시대를 살아낸 아이였다. 눈물을 끼니 삼던 그의 이름, 포대기로 동생을 업고 있던 영출이, 그를 다시 불러본다.

또 터졌다. 수해난 논둑이 터지듯 또 터졌다. 인천 어린이집 원장의 폭행사실이 안방에 배달되었다. 어린 것을 목욕시키며 시퍼렇게 멍들은 자국을 본 애 엄마는 얼마나 경악했을까싶다. 그 뿐인가 제가 낳은 새끼를 토막 친 애비와 에미의 비속살해, 노인학대 등 때리고 맞고, 죽이고 죽었다는 이야기가 왜 이리도 많은지 정신착란의 나라에서 사는 것 같다.

졸지에 가장이 된 영출이, 13세의 어린것은 단순한 소년가장이 아니다. 그에게는 그래도 이웃이라는 울타리가 있었다. 엄마 없는 하늘 아래에 어쨌든 가느다란 정이란 것이 있었다. 또한 가정, 희망이 자라는 아주 작은 꽃이 피고 있었던 것이다.

모던 스쿨(Modern School)의 창시자인 프란시스코 페레는 '꽃으로도 아이를 때리지 말라'고 하였다. 그는 모던 스쿨 개교식에서 "나는 연설자도 선동가도 아닙니다. 나는 선생입니다. 나는 무엇보다 아이들을 사랑합니다. 나는 아이들을 이해하고 있다고 생각합니다. 자유를 위한 헌신으로 젊은 세대가 새로운 시대를 맞이할 준비를 할 수 있기를 기대합니다."고 연설하였다.

물론 그의 철학과 사상이 다 옳은 것은 아니라 할지라도 무엇으로도 폭력은 안 된다는 말은 특별히 귀담아 들어야 할 말이다. 어린 것이 저항도 못하며 맞을 때 엄마, 엄마 울면서 얼마나 원망하고 분노하였겠는가. 폭력은 폭력을 낳는다. 훈육은 그래서 어려운 것이다. 어버이나 스승이 자식이나 제자의 잘못을 꾸짖기 위해 회초리로 볼기나 종아리를 때리는 것을 초달楚撻이라 하는데 이는 훈육을 위한 사랑의 매이다. 이 또한 얼마나 조심스러운 것이던가. 말 한마디가 못으로 가슴에 박히면 그는 평생을 안고 살아야 하는데 말이다.


앞으로 우리나라가 이런 식으로 나아가다가는 지식인은 없을 것이다. 때리고 맞고가 아니라 학대가 난무한다는 것은 논리적 사고를 잘라버리는 것이기 때문이다. 무슨 말을 한다 해도 교사나 어른들의 책임이 80% 이상이라는 것을 명심해야 한다. 내 자식일지라도 아이의 기질과 이야기의 특성을 알아야 한다. 아이가 요구하는 것이 무엇인가 눈여겨 볼 수 있는 배려가 없다면 실력 있는 부모나 교사가 될 수 없는 것이다.

비폭력저항의 지도자 간디는 진리파지운동을 전개한 바 있다. 스스로 마음속에서 옳다고 생각하는 하나의 진리(참, 얼)를 간직하고, 이를 잡고서 놓치거나 버리지 않는다는 뜻으로서, 이 파지把持는 관찰학습의 과정을 이야기한 반두라도 언급한 바 모방한 행동을 상징적 형태로 기억 속에 담는 것이라 하였다.

이처럼 환경교육이 얼마나 중요한 것인가. 언제부턴가 생명경시 사상이 팽배해지고 있어 홍익인간 정신이 무색한 시대를 만들어가고 있다. 물질문화 창달이 아니라 정신문화 창달이어야 하는데 말이다. 누구라도 어린 생명 하나를 물질로 비교할 수는 없는 것이다. 일찍이 바쇼는 말하였다. '사원의 종소리는 멈추었지만 그 소리는 꽃으로부터 계속 흘러나온다.'고 말이다.

입에 주먹을 말아 넣고 엄마, 엄마 울었을 영출이나 원장에게 얻어맞으며 비정한 인간을 저주했을 인천의 한 어린이처럼 '엄마 없는 하늘 아래'로 내몰린 그들의 손에 참(얼)을 꼭 쥐어주어야 할 시대에 절명의 이름을 불러본다. 엄-마, 엄-마.

# 뻘배의 이망 15°

눈은 마음의 등불이라 했다. 눈은 내면의 언어를 가지고 있는 소통의 창이다. 맑고 깨끗한 아가들의 눈을 통해 영혼이 비쳐 나오는 것을 보라. 모두가 이런 눈을 가지고 태어나 어쩌다 살기가 등등한 눈을 가지게 됐는지, 애석한 별이 더욱 차가운 십이월이다.

눈에는 정신이 들어 있고, 기가 들어 있으며, 온갖 감정을 다 담아 놓은 우리 몸의 보배이다. 하여 첫눈과 첫인상은 관계의 성패를 좌우할 수 있는 중요한 코드다. 한 눈 없는 어머니의 눈을 그려놓고 싶은 것이나, 신의 얼굴에 새겨놓는 눈이 자애로운 것은 완전한 인성과 신성의 발로가 아니던가.

눈으로 사람의 싹이 큰다. 세계를 담고 여는 것이 눈일진대 우주 공상에 빠져 있는 요망스런 자의 눈은 분별력이나 혜안이 없으니 우민에 가까운(싸가지 없는) 정치가 나올 수밖에 없다. 이를 탓할 것이 아니다. 같은 눈을 가진 우리의 잘못을 탓할 노릇이다.

눈은 말과 느낌을 반사하여 행동을 찾아간다. 본 대로, 들은 대로, 배운 대로 할 수밖에 없다. 인성교육의 중요성은 그래서 마음의 등불을 심화시켜야 하는 것이다. 곧, 눈의 교육이다. 진실한 눈, 따뜻한 눈, 착한 눈, 역사의 눈, 겸손한 눈 등 사람 같은 눈으로 눈의 각도와 눈높이가 잘 조절되는 자연스런 눈의 교육이다.

각도는 자연스럽고 알맞을 때 모든 조화가 잘 이루어진다. 넘쳐서도 안 되고, 부족해서도 안 되는 균형과 절제미는 사람 사는 멋을 갖게 한다. 각도를 배우기에 좋은 것들이 참 많다. 어쩌면 조작의 영장인 사람에게 각도는 진보적 유산임에 틀림이 없다. 그 좋은 예로 갯벌에서 사용하는 뻘배가 있다.

벌교 장암리 일원의 뻘배는 해양수산부 국가 중요어업유산 2호로 지정되었다. 1451년 고려사에 강요주江瑤珠라고 기록돼 나오는 것을 보면 500년 이상 뻘배의 역사를 가늠케 하고 있다. 나무판자 한 장 타고 다니는 것이 쉬운 것 같지만 갯벌에서 뻘배 없이는 아무 일도 할 수가 없다. 뻘배의 명칭 가운데 이망(이마의 방언)이 있다. 이망은 뻘배가 진행할 때 앞부분이 갯벌에 처박히지 않도록 해준다.

이처럼 뻘배에서 가장 중요한 것이 머리 부분인 이망이다. 이망을 만들기 위해서는 소나무나 삼나무를 바닷물에 보름 정도 담가두거나 뜨거운 물에 담갔다가 휘어야 한다. 이 때 이망의 각도를 얼마큼 하는가가 관건이다. 각도가 너무 높거나 낮아도 안 된다. 갯벌이 채이지 않고 쉽게 속도를 내며 다닐 수 있는 각도는 15°의 유선형 상태가 되어야 한다.

뻘배의 최적의 상태를 찾기 위해서 얼마나 많은 시행착오를 거쳤겠는가. 그 15°를 찾기 위해서 말이다. 이처럼 15°는 갯벌을 차고나갈 수 있는 최적의 상태였던 것이다. 사람이 사람을 대할 때도 예의 각도가 있지 않는가. 누군가에게 목만 까딱하며 인사를 해보라. 그 관계가 어떤 관계인지 말하지 않아도 잘 알 것이다. 그것을 누가 정중하다고 하겠는가.

지금 우리 정국이 혼돈을 거듭하고 있는 것은 각도가 바르지 못했기 때문이다. 땅을 측량하는 측량사들에게 각도만큼 중요한 게 없듯이 처음부터 국민을 속이고자 한 각도의 차가 얼마나 컸던가를 이제 모두는 알게 된 것이다. 주5일제가 되면서 금요일을 불금이라고들 한다. 불타는 금요일이란다. 그래서인지 지난 한 달 동안 정말로 불타는 주말을 보내고 있다.

  촛불을 들고, 횃불을 켜들고 금하거나 말리지 못할[不禁] 불금 길에서 어린아이들은 촛불과 횃불을 보았다. 그리고 함께 들고 나섰다. 어린 마음에 무엇을 담았을까. 풍자와 해학이 넘치는 시위마당만 구경한 것으로 남지 않았으면 싶다. 오적을 까부시던 시인도 꼼짝 못하는 준엄한 역사를 눈에 새기고 새겼으면 좋겠다.

  거친 겨울 바다는 위대하다. 뻘배를 밀고 돌아와 가지런히 담장에 세우는 아낙들이 위대하다. 그리고 바다는 새로운 갯벌을 만들고, 불타는 민심은 새 나라를 만들 것이니 위대하다. 위대한 역사를 고대하며 조용히 15°의 뻘배를 기다린다.


  썰물 따라
  어머니가 몰고 나가시던
  갈대밭 바람은 머리부터 왔습니다

  느려터지게만 오는 줄 알았던
  백발, 명중한 갈대가
  맥 못 추고 흔들거리는 허리
  한 손 부여잡고
  목마르게 다그쳐 봅니다

생이 물러지면 갯벌만큼
고된 날들을 다 받아낼 수 있을까
설움이 엉겨들면
두루미처럼
두 팔 벌리고 사위어 출수 있을까

밀물이 쓸쓸 쓸려옵니다
거품이 발목 잠기도록
기다리고 있는 내내
다가온 것은 주름진 물쌀뿐입니다

척척 돌아와 서는 뻘배

어머니는 공쳤습니다
갈대밭에서
관절 꺾어지는 소리만 들려옵니다

- 졸시, 「뻘배」 전문

# 사월의 노래

초록의 물결로 사월을 시작한다. 자연이 받은 생명의 명령은 꽃을 너무 오래두지 않는다는 것이다. 조금은 아쉽지만 꽃이 지지 않으면 사월은 더 아프고 말 것이다. 시인 가객들 가운데 사월을 주제 삼아 다루지 않는 사람은 아마 없을 것이다. 박목월은 "목련꽃 그늘 아래서 베르테르의 편지"를 읽는다고 노래하였다. 시인이 사월의 노래를 부를 때는 목련꽃이 한창이었던가 보다. 지구온난화로 꽃의 경계가 무너진 요즈음 목련꽃은 벌써 지고 없는데 말이다.

한 달이나 빠르게 꽃이 피고 있다는 말이 환경의 변화를 입증하고 있는 가운데 이인환은 "꽃길도 걸어본 사람이 걷더라/봄날도 즐겨본 이가 누리더라"고 사월의 노래를 읊었다. 노천명은 "사월이 오면, 사월이 오면은…/향기로운 라일락이 우거지리/회색빛 우울을 걷어버리고/가지 않으려나 나의 사랑아"라고 사월의 노래를 불렀다.

유난히 사월은 비가悲歌가 많은 것도 우연은 아니다. 〈천개의 바람〉을 부르며 슬퍼하는 세월호의 아픔도, 제주 4·3희생자들의 넋을 달래지 못한 흐느낌도, 4·19혁명으로 일어난 민주항쟁의 울부짖음도 다 사월에 있었다. 아직도 이 땅 사월은 피 끓는 아픔으로 이렇게 봄을 받아내고 있는 중이다.

사월은 누구에게나 노래 한 곡 정도는 기억되고 있으리라. 어린 시절 늘 눈물로 들어야 했던 노래가 있다. 지극히 개인 가족사적인 일이지만 아버지는 민요 한 대목을 귀에 박히도록 불렀던 것이다. "부령 청진 가신 님 돈 벌면 오고, 공동묘지 가신 님 언제나 오나" 하고 우시던 기억이 생생하다.

이별의 정한을 노래한 것으로 신고산타령新高山打鈴, 신조어랑타령, 아리랑의 대목에 들어가 널리 부르는 우리 조선의 민요다. 이같이 민요만큼 다양하게 구전되거나 불리는 노래도 없을 것이다. 생활 속에 깊이 안착한 서사로서 한이 서린 민중의 노래가 대중성을 가지는 것 또한 이상한 일이 아니다.

개인적으로 아버지의 신고산타령이 있다면 또 하나는 대통령 노무현의 〈부산갈매기〉를 들 수 있다. "지금은 그 어디서/내 생각 잊었는가/꽃처럼 어여쁜 그 이름도/고왔던 순이 순이야/파도치는 부둣가에/지나간 일들이 가슴에 남았는데/부산갈매기 부산갈매기/너는 정녕 나를 잊었나"(1절)

문성재가 부른 이 〈부산갈매기〉는 원래 건달의 노래로 만들어졌다는 뒷이야기가 전해지고 있어 재미를 더해주고 있다. 하지만 〈돌아와요 부산항에〉와 함께 국민가요로 불리고 있으며, 부산에 연고를 두고 있는 롯데 자이언츠 야구단의 응원가로 보통 1절만 불리고 있다.

각 구장마다 응원가가 있다. 인천구장은 〈연안부두〉, 서울구장은 〈서울의 찬가〉, 대전구장은 〈내 고향 충청도〉, 광주구장은 〈목포의 눈물〉 〈남행열차〉가 지역을 대표하는 응원가로, 애향가로 사월의 하늘에 울려 퍼지고 있다.

〈부산갈매기〉는 국회의원 노무현, 대통령 노무현도 불러서가 아니라 인간 노무현이 부산갈매기를 부르며 서민정치를 열망하던 그 이상理想이 있었기에 부산뿐만 아니라 지금까지도 한국 정치현실 속에 남아 사월을 더 슬프게 하고 있다. 이념의 장벽을 넘어 그가 보여준 행보는 처음으로 제주도를 찾아 4·3희생자를 추모하며 국가의 잘못을 구하기도 하였으니 바다를 건너는 갈매기노래가 헛되지 않았다.

그는 어쩌면 갈매기보다 부엉이로 더 우리들에게 각인되었다. 동학의 성지 고부현과 황토현에서 일어났던 농민혁명의 대표적인 노래 〈새야새야 파랑새야〉에서 파랑새가 푸른 군복의 일본군을 상징한다지만 파랑새(八王새)가 전全봉준을 암시하여 불렸던 것처럼 말이다. 우리들에게는 파랑새가 아직도 죽지 않고 있다. 보름달마저 돌아눕게 하는 새가 부엉이듯이 부엉이 또한 죽지 않고 있다.

한 많은 이 땅에 파랑새가 울고, 지리산 뻐꾸기가 울고, 봉화산 부엉이가 울고 있다. 지난 4·3 71돌 추념식장에서 대통령 노무현의 영상이 상영되었다. 한 걸음 한 걸음 걸어 그 만이 할 수 있었던 생전의 모습이었다. 역사 앞에 당당히 걸어갈 수 있었던 그의 발자국 소리가 사월 하늘을 온통 적셔 놓았다.

4·3희생자추념식에 또 하나의 노래가 불렸다. 〈나의 살던 고향〉이다. 함께 부르며 오열하던 희생자 가족들과 제주 4·3은 우리의 역사임을 재인식하는 동안에도 〈나의 살던 고향〉이 그렇게 어루만지고 위로하며 사월의 노래로 온 국민의 고향 심상을 가슴에 아리게 새겨 놓았다.

사월은 십자가의 달이다. 처절히 십자가 지고 해골산으로 걸어간 예수의 죽음이 인간의 죄악을 깨뜨려 놓는다. 사월의 노래를 쓴 작가들이 여럿이듯이 신약성서 마태가 쓴 26, 27장 예수의 수난에 곡을 쓴 음악가들도 여럿이 있다. 그 가운데 바하의 마태 수난곡 〈오 슬퍼라 너의 지은 죄를〉 선곡하고 싶다.

역사의 십자가를 지고 앞서간 노무현의 부산갈매기, 임을 그리워하며 눈물짓던 아버지의 타령, 초록으로 물들어 가는 사월에 나도 애창곡 한 곡이 있다. 부르다 부르다 지쳐 잠들은 아기처럼 한인현의 〈섬집아기〉를 같이 불렀으면 싶다.

> 엄마가 섬 그늘에 굴 따러 가면
> 아이는 혼자남아 집을 보다가
> 바다가 들려주는 자장노래에
> 팔 베고 스르르르 잠이 듭니다. (1절)

제3부

개·망·초·의·노·래

# 태안 게국지는 게탕이 아니다

날씨가 추울 때는 고향 음식이 더 그리워진다. 나이가 들면서 고향 생각이 더 나고, 고향 이야기가 나오면 더 반가운 것은 모두 같은 마음인가보다. 그러나 고향 소식을 전해 듣다 보면 조금은 바르지 못한 이야기를 접하기도 한다. 그럴 때마다 토를 달고 나설 수는 없지만 고유의 것이 있어야 할 자리와 가치가 분명해야 한다는 생각은 변함이 없다. 얼마 전 EBS 〈숨은 한국 찾기〉 마흔두 번째 여행지 "크리스마스 나무를 찾아서, 태안"이라는 주제로 나의 고향을 잘 소개하였다. 천리포 수목원과 신두리 사구(천연기념물 제431호), 그리고 '게국지'를 소개하고 있었다.

게국지라는 말에 얼마나 반갑고, 가슴이 두근거릴 정도로 기다렸는지 모른다. 하지만 내가 보는 게국지는 게탕이었지 게국지가 아니었다. 식당 주인이 게국지의 퓨전이라고 설명을 곁들였지만 차라리 '묵은지게탕' 정도가 맞을 듯싶었다. 애써서 소개한 고향 음식을 헐뜯고자 하는 의도는 없다. 시대에 따라서 음식을 잘 계발하는 것이야 칭찬할 만한 일이다. 그러나 이름에 맞는 올바른 음식을 바르게 전해야 하는 것은 우리 후손들의 몫이다.

게국지는 서산·태안 지역 일부에서만 전해져 내려오는 음식이다.

이 게국지라는 말도 갯국지, 겟국지, 깨꾹지 등 여러 말로 불리고 있다. 게장 국물이라 할 때는 '게, 겟국'이라 하고, 해산물의 국물이라 할 때는 '갯국'이라 하였다.

게국지는 김장을 한 후에 남은 배추 겉껍질, 무, 무청, 늙은 호박 등을, 길고 좁은 새우젓독에 담은 가재젓, 황석어젓, 밴댕이젓 속에 푹 묻어두었다가 잘 숙성이 되면 꺼내서 투가리(뚝배기)에 넣고 끓이거나 쪄서 먹는다.

투가리에 담아 끓일 때는 아궁이에서 불을 긁어내 자글자글 끓이고, 찔 때는 밥솥에 넣고 밥물이 넘어가며 익힌 것을 먹는다. 짭조름하면서도 개운한 맛이 말랑말랑 씹히는 질감 덕분에 다른 반찬 없이도 밥도둑이었던 것을 지금도 잊을 수가 없다. 살림이 넉넉하지 못하던 시절, 김장하고 남은 시래기조차 버리지 않고 겨울반찬으로 이용했던 염장식품이다. 요즈음 지역 전통 음식으로 이름이 나기 시작했지만 게국지의 변형이라는 것을 알아야한다.

내 고향에는 게국지 말고도 이름난 것들이 여럿 있다. '무젓'이라고 하는 꽃게 무침, 박과 낙지를 넣고 끓이는 '박속밀국낙지탕', 굴을 재료로 한 '굴밥'과 '어리굴젓', 조기대가리로 만들어내는 '조기젓국' 등을 들 수 있다. 아마 조기젓국에서 '우럭젓국'이 생겨났다는 것을 아는 사람들은 많지 않을 것이다.

제사 지내고 제사상에서 물려낸 음식 중에 남은 조기대가리를 그냥 버리지 않는다. 채반에 잘 말려두었다가 쌀뜨물을 붓고 끓여낸다. 투가리에서 바작바작 끓는 조기젓국의 맛과 향은 일품이었다. 후에 우럭으로 그 맛과 방법을 잇고 있어서 우럭젓국이라 하고 있는 것이다. 대학시절 원산도 친구 석범이네 집에서 우럭젓국에 파래김,

톳무침, 김국을 실컷 먹고 돌아오던 날, 영목항에 펑펑 내리던 함박눈을 지금도 난 잊지 못하고 있다.

잊혀가는 토속 음식을 널리 알리고, 함께 보전하며 나누는 것은 지역적으로 너무 소중한 일임에는 틀림없는 사실이다. 하지만 정보를 공유하고, 바르게 알려야 할 책임을 맡은 이들은 조금 더 고증의 필요성을 인식하고 전해야 할 것이다. 물론 지역에서 이것이 게국지라고 주장한다면 더 할 말은 없겠지만, 옛적부터 먹던 토속 음식이 올바른지 정도는 살펴야 할 것이고, 비슷한 정도의 것이라면 이름을 그대로 할 수는 없는 것이다.

나는 게국지, 조기젓국을 먹으며 자랐다. 가난한 살림살이에 먹었던 고향 음식이라 더 기억에 남는지 모르겠다. 비싼 어느 음식보다도 영혼에는 훨씬 풍요로운 음식이다. 이처럼 먹고, 보고, 맛들은 기억 속에 고향의 유전자가 흐르고 있는 것이다. 아무 곳에서나 쉽게 먹을 수 없는 고향 음식을 생각하며 기억 한 자락 불러내고 싶다.

죽은 식구 끼니 챙기는 날은 손 푼이 곱절이나 깊어 붓끝으로 흘러내리는 먹물길이 깊어 물려낸 식은 밥덩이 철질한 것들 조기대가리 죄다 먹을 때까지 축문과 지방 사른 불꽃에 오래 남아 깊은 기억 속으로 타는 맛 입이 배우고 기억한 기일의 일이다 의식이 예절 되기까지 생전 입으로 호사 엄두도 못 내던 것까지 모다 구전의 기억들이다 죽은 식구 위해 차린 날것이래도 익은 것들 슬픔도 점점 덤덤해지는 것들 남은 조기대가리 바작바작 끓여 젓국 상에 둘러앉은 식구들 한참 건너서 개여울에 밀려가는 얼굴 초승달이 파르르 깊던 여름밤

- 졸시, 「조기젓국」 전문

# 사투리에 당당할 수 있는가

　아침저녁 굴뚝으로 오르는 연기를 보면 그 집에 사람이 있다는 것을 안부처럼 알리며 살던 때가 있었다. 참 정겨운 시절이었다. 부엌을 개량하고 난방이 바뀌기 시작하면서 정겨운 모습은 점차 식어 차가운 구들장처럼 따뜻한 기억만 남게 되었다.

　기름을 때며 겨울나기에는 너무 춥다고 큰 여식이 화목보일러를 제안하였다. 아궁이에 불 지피던 바지런함이 있어야 할 텐데 내심 걱정이었지만 쾌히 승낙하고 화목보일러를 설치하였다.

　아궁이는 타는 것이면 무엇이든 마다하는 법이 없다. 이제 땔감이 문제다. 버려진 팔레트, 솎아낸 잡목, 죽은 나무 등 눈에 띄는 것마다 가져다 때기 시작하였다. 나무꾼이 되고 나서 늘 걱정은 겨울 동안 때야 할 땔감이다. 꿈은 이루어진다고 했다. 감사하게도 팔마환경(대표 장경식)에서 폐자재를 운반해 준 것이다. 맘 놓고 불을 지피자 마을 할머니는 마음이 다 훈훈하다고 찬사를 아끼지 않았다.

　어느 날 땔감으로 운반된 폐자재 속에서 오래된 현판 하나가 그대로 뜯겨져 왔다. 궁서체로 쓴 멋들어진 서각 작품이었다. '누리정가' 참 멋들어진 현판으로 어느 집에서 정들었다 왔는지 반갑기도 하고 아깝기도 해 오랫동안 보관하다가 지인이 대밭 가에 지은 정자가 있어서 그곳에 걸어주었다.

거리마다 골목마다 상가나 건물에 붙어있는 간판에는 외래어가
판을 치고 있다. 공사 건물에도 외래어로 표기해 외국 공사가 들어
섰는가 싶을 때가 있다. 아무리 지구촌시대라 할지라도 외래어를 덕
지덕지 붙여놓으면 품격이 달라지고, 음식이 달라지고, 사람이 달라
지는지 상혼에 젖은 이름들이 천박해 보일 때가 참으로 많다. 심지
어 한 지역 경건의 도량인 교회마저 외래어로 이름을 쓰고 있는 것을
보면 국제적 정서는 드나 정체성 없는 신앙인들이라는 감을 지울 수
가 없는데 외국식으로 믿어봤자 아무 소용없다는 생각을 뿌리칠 수
없는 것은 왜일까.

'누리'라는 말 얼마나 좋은 우리말인가. 지금 우리가 쓰는 '세상'이
라는 말을 예전에는 누리라고 하였고, 생물이 살고 있는 땅 위와 나
라, 사회 등을 통틀어서 부르는 말이 누리였다. 이처럼 맛있는 말 한
마디가 국어의 경쟁력을 갖게 하는 것이 아니던가.

최근 국립국어원(원장 송철의)에서는 우리 사회 곳곳에서 쓰이는 생
소한 외래어 다섯 개를 골라 다듬은 말을 발표했다. '모두가 함께하
는 우리말 다듬기' 누리집에서 제안 받은 다듬을 말 후보 중에 2015
년 12월 8일부터 2016년 1월 8일까지 '시에스', '데모데이', '플레이
팅', '젠트리피케이션', '리무버'를 갈음할 우리말을 공모했다. 공모
결과를 바탕으로 말다듬기위원회는 의미의 적합성, 조어 방식, 간결
성 등을 기준으로 논의를 거쳐 '고객 만족', '시연회', '담음새', '둥지
내몰림', '화장 지움액'을 다듬은 말로 선정하고, 국민 의견 수렴 과
정을 거쳐 최종 다듬은 말을 발표하게 되었다.

앞으로도 다듬은 말을 계속 공모하고 진행할 것이라 하니 좋은 우리말들이 많이 상용되리라 생각한다. 우리의 얼과 정신이 깃들어 있는 말을 세상에 들어차게 할 수 있는 것이 선진국이라는 것을 이참에 다시 한 번 생각했으면 싶다. 자존이 약한 사람과 국가일수록 제것을 업신여기거나 무시하는 행동을 일삼는 버르장머리가 있는데 참으로 부끄러운 일이다.

우리말에는 표준어만 있는 것이 아니다. 지방마다 쓰는 사투리가 있다. 사투리가 문제가 아니라 정체성 없는 말이 문제이다. 약어와 조합어, 외래어가 난무하는 정체불명의 말이 생각을 무디게 하고, 행동을 없게 만든다. 오늘 당신은 사투리에 얼마나 당당할 수 있는가. '내 시는 전라도 사투리가 모국어다'라고 한 시인의 말이 자꾸 생각난다.

# 개망초의 노래

아침 등원시간이 되면 농로길이 환해지고 노래 소리로 출렁거리기 시작한다. 차를 태워 보내려는 엄마들과 아이들이 참새들처럼 재잘거린다. '나는야 똥꼬가 될 거야, 나는야 똥꼬가 될 거야'는 한 녀석이 부르는 노래다.

유치원에서 부르는 노래를 개사한 모양이다. 별 의미 없이 부르고, 별 의미 없이 듣는다. 아직 한국어로 유창하게 말 못하는 일본 엄마를 둔 녀석이 신나게 부르는 노래다. 아마 유치원에 가서도 계속할 모양이다. 다른 노래도 많이 배워 멋대로 불러도 좋으니 내일 아침 새 노래를 또 듣고 싶다.

아이들이 아침을 몰고 간 뒤에 산책을 나섰다. 누군가 여름 꽃들은 하얗게 핀다고 했다. 여기저기 피어있는 개망초, 꽃 모가지 꺾어 손바닥에 올려놓고 한참을 쳐다보았다. 똥꼬 녀석의 얼굴이 떠오르는 것이다. 너 또한 개망초 닮았구나 싶어 꽃모가지 꺾은 것을 곧 후회하였다.

지천에 널브러진 것이 개망초. 일명 망초속의 귀화식물이다. 귀화식물이란 자연 상태로 국내에 적응된 외래식물을 가리키는데 외

94

래식물이라 해도 증식하지 않으면 귀화식물에 포함하지 않는다고 한다. 우리 주변에는 귀화식물 가운데 친숙한 것들이 많다. 자운영, 토끼풀, 달맞이꽃, 코스모스, 서양민들레, 개망초 등 어느 곳에 가든지 쉽게 볼 수 있는 것들이다.

조선시대 말 개화기 이후 외국에서 들여온 식물들을 귀화식물의 경계로 삼고 있으며 약110종으로 밝혀지고 있는데 해마다 늘어나는 추세라고 한다. 최근에 정한 귀화식물로는 털별꽃아재비가 있으며, 외래종으로 국내에 유입된 후 폐해를 입히는 것도 적잖이 있다. 그러나 개망초 만큼 슬픈 누명을 쓰고 사는 꽃도 없을 것이다.

개망초는 경인선 철도공사와 관련하여 철도 침목에 묻어 우리나라에 들어오게 된 꽃이다. 일본인이 경영하는 경인철도회사가 1900년에 경인선을 완공하였으니 일제강점기를 거치면서 개망초를 '망국초'라고 부르게 된 슬픈 사연이 있다. 하지만 우리들은 노란 꽃술을 보며 '계란꽃'이라 부르기도 하고, '풍년초'라고 부르기도 한다.

식용과 약용으로 쓰일 뿐만 아니라 훌륭한 녹사료로 빠질 수 없는 것이 개망초이다. 개망초의 꽃말은 '화해'로서 편견偏見과 아집我執 때문에 편 가르기가 심한 우리 사회에 얼마나 훌륭한 의미를 가지고 있는가. 보면 볼수록 수수한 꽃과 꽃말에 정이 가는 꽃이다.


이제 우리는 편견과 아집을 버리고 우리와 함께 살아가는 다문화 가정을 한 번쯤 더 생각해야 할 때이다. 최근 영국이 유럽연합(EU)에서 탈퇴할 것을 투표로 결정한 후 국제사회가 흔들리고 있다. 이유야 여러 가지이겠지만 이민자들에 대한 일자리 문제가 큰 요인 중 하나임이 드러났다.

산업혁명 이후 영국은 구빈법과 같은 복지정책에서 앞장선 나라였다. 하지만 이제 달라졌다. 지난날은 자국인들의 생존을 위한 복지정책이었다면 이제는 자국인들의 생존이 위협받는다고 느끼고 있기 때문이다. 이민자들에 대한 자신들의 복지혜택이 부당하게만 느껴지고 있으니 말이다. 더욱이 유럽연합에 대한 불안감이 증폭된 채 분노조절장치가 이상증세를 보인 결과이다.

어쩌면 귀화할 수 있는 일을 원천적으로 막으려는 속내가 드러나 남의 일처럼 느껴지지 않는다. 우리나라 다문화 정책이 본격적으로 추진된 것은 결혼이주여성이 급격하게 증가한 2000년대부터라 할 수 있다. 현행 정책 대부분이 자국민 중심의 동화 정책이라는 것인데, 이보다 사회 안의 다양한 문화의 차이와 자율성을 존중해서 그것을 받아들일 수 있는 프로그램이 있어야 하고, 다문화에 대한 교육을 초등교육에서부터 수반해야 할 것이다.

똥꼬 녀석과 같은 다문화 가정의 아이들은 외국의 입양아가 아니다. 우리 자식들의 자식들이다. 한층 더 깊게 우리의 얼과 정신을 담아 길러야 할 소중한 자원들이다. 개망초처럼 슬픈 누명을 씌우지 말고 우리의 노래, 가락으로 잘 키워야 한다.

# 어머니의 단박 약

여름만 되면 땀띠 때문에 그 짧은 밤, 잠을 설치기 일쑤다. 잘 씻는다 하면서도 꼭 땀띠 없이 보내는 여름이 없다. 올해도 땀띠가 생겼다. 찬물로 씻어내고 약도 발라보지만 신통치 않은 모습을 옆에서 보고 알로에를 바르라 한다. 약을 찾는 사람의 귀는 얇다. 땀띠가 사라지는 단박 약이 있었구나, 혼자 웃는다.

입에서 입으로 전해져 병을 다스리는 방법으로 실증을 보여주는 것이 민간요법이다. 부작용으로 인한 폐해도 많지만 의사나 자연과학자들의 호기심을 불러일으키는 것이기도 하다. 어쩌면 병을 더 키우기도 하지만 단박에 듣는 경우도 있어 무지한 처사로 무시해버릴 수만은 없는 것이 민간요법이다.

여름철에는 갑작스런 배앓이가 다른 계절보다 많을 수밖에 없다. 입으로 토하고, 밑으로 쏟아버리고, 고통이 갑자기 진행되고, 어지러운 증세를 토사곽란吐瀉癨亂이라 하는데 응급실로 달려가지 못하던 시절은 이를 다스리기 위해 민간요법에 의지하지 않을 수 없었다. 다소 미신적이지만 할머니들의 '잠밥 메기기'가 있었던 것이다.

쌀이나 콩을 그릇에 담아 보자기로 싸서 문지르며 이런 주문을 하였다. "사대삭신 육천마디가 모두 저리고 아픈데 강남서 나온 잠밥

각시가 영금코 기엄하다 해서 이렇게 불러 먹이고 웨먹이면 다 시원
하고 개운하고 은으로 세수하고 분으로 도금한 듯 그저 앉았다, 섰
다, 거짓말 말고, 진 놈 먹고, 마른 놈 가지고 오든 길로 월썩 물러 가
렸다 하나 쉐, 두 쉐, 세, 다 시원하고 개운하게 물러가렸다."

상한 음식을 먹어 두드러기가 나면 썩은새(오래되어 썩은 이엉) 한
주먹을 빼서 태우고 그 연기를 쏘이며 소금을 뿌리거나, 삶은 계란
노른자를 검댕에 묻혀 먹이곤 하였다. 이 정도는 별 고통 없이 할 수
있는 일이지만 익모초益母草를 먹는 일은 참으로 고통스런 일이었다.
절구통에 넣고 착착 찧어 베보자기로 짠 파란 익모초 한 사발을 먹
어보지 않은 사람은 가늠이 안 가는 맛이다. 임신과 산후조리를 다
스린다하여 익모초라 하는데 복통을 다스리기도 하였다.

조금 있으면 붉은 꽃이 피어날 익모초를 보면 어머니의 사랑이 생
각난다.

뒷간 썩은새 한줌 빼내서 연기 쐬며
소금 뿌려 두드러기 다스렸다

검댕이 한 숟갈 노른자에 찍어
조앙 앞에서 먹이던 어머니
토사곽란쯤 물러서지 않았다

완력으로 들이대던 익모초
절구통 풋내가 토방에 뒹굴던
때로는 삼킬 수 없는
사랑도 있었다

붉은 꽃만 봐도
쓴물이 와락 밀려오는
청초한 자락에 젖어들던 사발

똥구멍 헤어지도록 마시고 싶은
여름 배앓이가 사르르 도지고 있다

- 졸시, 「익모초」 전문

 자식의 배앓이를 어떻게든지 낫게 하려는 어머니의 단박 약을 두고 무지한 짓으로, 무식한 행위라고 일축할 수 있을까. 학교 문턱도 밟아보지 못한 농투성이가 기를 쓰고 몸부림친 까닭을 '민중은 개·돼지이다'라고 말하는 N은 알기나 할까. 교육부 정책기획관이라는 사람이 이런 막말을 쏟아내며 무슨 교육을 하겠다고 한 것이었을까.
 그는 사죄로 끝날 일이 아니다. 천추의 한을 심었다. 민중의 뜻도 모르는 사람을 교육부 고위직에 앉혀놓은 정부는 쉽게 판단을 벗어나리라 생각했더란 말인가. 세월호 참사 때 '하나님의 뜻'이란 말을 서슴없이 뱉은 M과 무엇이 다른가. 스스로는 개·돼지를 사육하듯이 백성들을 먹이고 가르치는 줄 알고 있는가본데 이것이야말로 망국의 영에 사로잡힌 작태들이다.
 너무나 하찮은 것이지만, 개·돼지 정도로 사람을 생각하는 이들이야 쓰레기만도 못한 것을 약이랍시고 처방하는 허접스런 일을 어찌 보아 넘길까싶다. 똥구멍이 헤어지도록 마시고 싶은 절절한 사랑을 두고, 저들은 바늘 끝만큼이라도 인간의 참사랑이 들어 있는가 묻고 싶다. 지금 민중이 얼마나 아픈지 알기나 하는가. 토사곽란에 쓰러져가고 있는 골골한 백성들이 보이지 않는단 말인가.

정신 차리고 들에 나가 뼈가 으스러지게 일하는 국민을 보아야 한다. 쓰디쓴 약초일지 모르지만 민초의 꽃은 화려하지 않다. 그러나 슬픔의 얼굴이라는 것을 잘 새겨보아야 한다. 익모초 한 사발이 정신 빠진 사람들도 고칠 수 있는지 모르겠다.

# 무엇을 간직하고 싶은가

누구나 소중히 간직하고 싶은 것이 하나쯤은 있다. 남에게는 하찮은 것일지라도 본인에게는 그 가치야 말로 어떤 것으로도 계산할 수 없는 경우가 많이 있다.

조기 은퇴하고 자식들이 사는 서울로 떠나기 위해 이삿짐을 싸던 은사께서 나에게 책 한 질을 넘겨주셨다. 학창시절 읽었던 단행본 한두 권 소장하고 있을 뿐인데 열다섯 권 한 질을 선뜻 주시기에 너무 감격하여 밤마다 머리맡에 두고 읽은 책이 『씨알의 소리』다. 격동의 시대 『뿌리 깊은 나무』와 『씨알의 소리』는 지식의 산고이며 날카로운 정신이었다. 어쩌다 함석헌 선생의 광주 강연이 있는 날이면 가슴이 두근거리기까지 했었다. 뿐만 아니라 돈이 생기면 전질을 다 사고 싶었던 간절함이 이루어지다니 가보처럼 간직하게 되었다.

책 한 질이 뭐 그리 대수냐 하겠지만 그렇지 않다. "기록이 달빛에 물들면 신화가 되고 햇빛에 바래지면 역사가 된다."고 하였듯이 신화와 역사는 기록이라는 산물로 이루어진다는 것이다.

최고시청률을 자랑하며 종영한 〈응답하라 1988〉에는 1988년 8월 20일 출간된 도서출판 오늘에서 발행된 『슬픈 우리 젊은 날』이란 시집이 나온다. 이 시집은 당시 100만 부를 훌쩍 넘기며 밀리언셀러 시집으로 큰 사랑을 받았다. 이 시집이 다시 복각판으로 나와 선풍을 일으키고 있는데 익명의 시, 낙서의 시, 서클의 시로 이 또한 기록의 산물이다.

오래됐다고 해서 다 역사가 되는 것은 아니지만 역사로 살아 있는 이 하찮은 것들이 무엇을 의미하는지 모르고 사는 것은 불치의 병을 앓고 있는 것이나 다름없다. 성서에 "백발은 영화의 면류관이라"는 잠언이 있다. 마땅히 존경받아야 할 분들이 누구신지를 알게 하는 구절인데 "정의로운 길에서 얻는다"는 꼬리를 달고 있다. 이처럼 판단 받아 우러러볼 수 있는 인생이란 개인사라 할지라도 우리의 역사가 되는 것이다.

고등학교 학창시절 눈이 내리는 창밖을 보며 빵집에서 친구들과 미팅하던 단골가게가 있었다. 호두과자 하면 천안이 떠오르듯이 빵집 하면 '태극당'이었다. 지금은 서로가 원조간판을 내걸고 있지만 '태극당'이란 이름을 넘어설 수는 없다. 자그마치 53년의 역사를 말이다. 이는 맛으로 우리의 기억에 기록되었기 때문이다. 순천에도 태극당처럼 유명한 빵집이 있다. 1928년에 문을 연 '화월당'이다. 3대에 걸쳐 단일 품목을 고집하며 전국적으로 이름을 날리고 있는데 찹쌀떡과 볼카스테라는 우리의 입맛에 기록한 또 하나의 유산이 되었다.

잠시 나라 밖으로 눈을 돌려보자. 경제를 살리기 위해 독일로 건너가 광부와 간호사로 벌어들인 외화는 우리 경제의 초석이 되었다. 그 보다 5년여 앞서 시작한 원양산업 참치 잡이로 벌어들인 외화는

20배가 넘는 것으로 보고되고 있다. 태평양 사모아 섬에 고이 잠들어 있는 아흔세 분을 비롯하여 선원의 이름으로 낯선 이국땅에 묻힌 '인력수출'의 '산업전사'들을 기억하고 있는 사람은 많지 않다.

지금도 사모아에 거주하며 대한민국 사람으로 살기 위해 여권을 갱신하고 있는 분이야말로 조국을 간직하고 있는 것이다. 이와 같이 기록의 역사나 간직의 역사는 열린 사람의 몫이다. 죽음의 수용소에서 살아남은 프랭클린이 말했던 것처럼 사람이 살아가는 데는 의미라는 것이 얼마나 중요한 것인가. 삶의 의미가 역사를 움직이게 하고 시대를 정화시키며 사람다운 사회를 만들어가니 말이다.

그렇다. 지금 우리는 무엇을 간직하고 싶은가. 서로의 마음이 움직일 수 있는 것은 아주 사소한 것이라 할지라도 인간다움이 배어 있어야 한다. 허황된 꿈에서 깨어나 현실을 직시하며 한 생을 걸고 살아볼 가치가 있는 것에 무한한 자산이 들어있고 그 또한 길이 간직할 삶의 의미이기 때문이다.

# 산자고 캐던 오월의 비가悲歌

　노란 꾀꼬리 새끼처럼 부르던 노래 "오월은 푸르구나, 우리들은
자란다" 윤석중 선생의 어린이날 노래가 입가에 잔뜩 묻어 있다. 이
맘때쯤이면 친구들과 어울려 밭둑이나, 냇둑으로 산자고를 캐러 가
곤 하였다. 오월이면 꽃은 다 지고 털이 보송보송하게 달린 무릇 같
은 근경을 캐먹기 위해서다. 알싸한 맛이 나기도 하고 달착지근한
맛에 딱히 군것질할 것도 없는 아이들에게는 특별한 간식거리였다.
　부모 손을 잡고 솜사탕이나 주전부리를 입에 물고 오월을 즐기던
아이들은 흔치 않았다. 자연히 괭이나 호미 들고 들로, 산으로 싸돌
아다니다 보면 자연물은 장난감이 되었고 군것질할 수 있었던 것이
다. 서투른 연장을 다루다 흔하게 다치기도 하였고 참 많이 울기도
하였다.

　굴뚝삐비 훑어먹고 검댕이 개칠한 공수부대 군인들마냥 냇둑 싸돌
아다니다 벌겋게 무너져 나자빠진 산모랭이에 박쥐처럼 달라붙어 붉
은 황토 찐득찐득 파먹다 보면 해는 중천에서 서성거렸다

　바람막이 뚝 시영뿌리, 띠뿌리, 돼지감자 뒤지고 송기松肌 먹으러 어

린 소나무 장순 탐내다 날이 풀어지기 시작하면 목화송이도 요절내는
통에 병신소나무 산판의 눈물과 칠보단 이불은 꿈에도 모자랐다

　걸핏하면 서리하다 보리꺼럭 목구멍에 걸려 죽어 자빠지던 뱃구레
거시우는 소리가 꾸룩꾸룩 들리고 밭둑에 오른 산자고 캐먹다 예사
마빡 터져도 눈퉁이 없는 괭이를 나무라지 않았다

　그냥 몇 번 훌쩍거리다 눈물도 아껴 먹곤 하였다
- 졸시, 「간식놀이」 전문

　그렇게 눈물도 아껴 먹곤 하던 아이들이 마지막으로 부모를 봉양
하고 처음으로 자식들에게 버림받는다는 '마처세대'(55-65세)의 주인
공들이 되었다. 전쟁 직후 베이비붐 세대라고 불리는 약 900만 명의
사람들이다. 낀 세대들의 황혼을 어찌해야 할까.
　노후대책으로 자산관리 전문가들은 연금을 강조하고 있을 뿐이
다. 국민연금, 퇴직연금, 개인연금 등으로 은퇴 후 30-40년의 노후
를 대비해야 한다는 것이다. 퇴직을 했거나, 퇴직을 준비하는 낀 세
대는 당장 막막하기만 하다. 사회적 안전망이 턱없이 부족한 현실이
지만 그렇다고 복지에 더 많은 정부지출을 늘리기도 충분치 않은 처
지이기에 문제의 심각성은 가중되고 있다. 이에 산업화, 경제발전으
로 부를 축적한 기업과 소득계층의 자발적인 사회 환원은 왠지 부동
아니던가.
　푸른 하늘 아래 우리들은 자랐다. 그리고 늙어가거나, 익어가고 있
지만 황혼의 눈으로 노을을 바라볼 수가 없다. 다음 세대들에게 희

망을 물려줄 수 있다면 고생한 것은 보람이고, 헤쳐 온 역경은 아름다운 보상으로 남을 것이지만 푸석푸석 꺼지는 희나리 같다.

빈곤 악순환의 고리를 어떻게 끊어야 할까. 최근 검정고시나 대안학교 출신자들은 교육대학에 수시 지원할 수 있는 기회조차 없다는 뉴스가 나왔다. 서울교대를 포함한 전국 11개 교육대학 모집 전형은 학교생활기록부를 평가해 선발하는 방식이기 때문이라고 그 이유를 설명했다. 물론 검정고시나 대안학교 출신들도 정시모집으로 시험을 볼 수는 있다. 하지만 70% 이상을 수시로 뽑는데 돈이 많이 들어가는 과학·철학경시대회, 소논문 등 비교과인 '스펙'으로 뽑는 학생부종합전형 비율은 더 높아지고 있다. 결국 빈곤의 악순환이다. 돈 없는 사람들은 기회마저 박탈당하는 처참한 정책을 내놓은 것이다.

가난한 우리 자식들은 오월 푸른 하늘 아래서 슬픔의 노래를 부르게 되었다. 비비새보다도 더 작은 가슴을 팔딱이며 지지리도 못나 가난한 지 애비의 가슴에 고개를 묻고 말이다. 사월도 슬프더니 오월도 참 슬프다.

# 민중의 삶이 정치 방향이다

매화꽃과 산수유가 지고 난 섬진강 변에는 벚꽃이 상춘객을 불러들이고, 진달래가 길손들의 발길을 붙잡고 있다. 지리산을 둘러 꽃잔치가 벌어진 남녘은 벌써 해룡면 선월마을에서 첫 모내기를 하였다.

이유를 물을 틈도 없이 봄은 다시 왔고 보내노라 말할 틈도 없이 겨울은 가고 있다. 그리움만 남긴 채 피는 산수유가 더 진한 까닭을 이렇게 시로 적으면 어떨까.

꽃으로
터져 버린
그리운 사람
가슴 멍울 지다

- 졸시, 「산수유」 전문

사람은 그 부모보다 그 시대를 닮는다는 말이 있다. 삶의 현장을 보는 것이 얼마나 지대한 영향을 미치는지를 단적으로 말해주고 있는 대목이다. 그래서 신영복은 민요를 따라가는 일은 곧 건강하게 살아 숨 쉬는 민중적 삶의 현장을 찾는 일이 되는 것이라며 방향의 화두를 던졌는지 모른다.

 꽃구경도 하고 겨우내 입맛 없는 입을 달래려 망덕포구 벚굴을 먹는다면 섬진강은 겨우내 비손하고 있었음을 볼 수 있을 것이다. 물론 벚굴은 벚꽃같이 생겼기도 하지만 손바닥을 마주한 것처럼 기도하는 모습 같기도 하다. 강물 속에서 지상의 속내를 빌어주고 있는 섬진강 어머니 같으니 말이다. 먹을거리로 입에 담는 맛이야 비위에 닿지 않으면 못 먹거나 찾지 않으면 그만이지만 시대와 사람이 맛이 없으면 정나미가 떨어지는 것이다. 하여 맛에 대해서만큼은 가장 민감한 것이 사람과 시대라는 것을 누구도 부인하지 않을 것이다.
 어떤 것에 애착이 생기는 마음을 정나미라 하지 않는가. 정나미 떨어진 사람을 어찌 그리워하며 정나미 떨어진 시대를 어찌 연대할 수 있고 정나미 떨어진 정치가를 어찌 더불어 함께할 지도자라 칭할 것인가. 그래서 예수는 한마디로 '뱉어버린다'라고 하였던 것이 아닐까.

 맛이 잘 들은 사람 하나, 맛이 잘들은 시대를 만나는 것은 복이다. 총선이 얼마 남지 않았다. 법적 일수에 따르다보니 4·13 총선이 됐지만 세월호가 엎어진지 만 2년이 되는 날 사흘 앞두고 국회위원을 뽑을 처지가 되었다. 하루가 다르게 정책도 없는, 있다고 해도 겨우 돈 끌어다 쓰겠다는 명함을 손에 쥐고 있자니 정나미가 뚝 떨어진다. 정당정치는 공천하는 과정을 통해서 신물이 났고, 민주정치는 독선과 보복으로 썩었고, 대의정치는 부정과 반칙으로 탈선한 아류들의 이합으로 맛을 잃게 되었다.

춘곤을 해결하는 데는 제철음식인 봄나물이나 신선한 해산물을 많이 먹어야 하는 것처럼 신명 돋게 할 제철 정치가 돋아나기를 비손하며 민중의 한탄과 아픔인 세월호 추모 곡에 귀를 묻고 있자니 눈물이 난다.

파페라 가수 임형주가 번안하여 소개한 〈천 개의 바람이 되어〉를 듣는다. 1932년 미국 볼티모어의 주부 메리 프라이가 지은 시 「천 개의 바람이 되어(A Thousand Winds)」는 모친을 잃고 상심해 있던 이웃을 위로해 주기 위해 죽은 사람이 산 사람을 위로한다는 내용을 담고 있다. 원래 아메리카 원주민 사이에서 전승되던 작자 미상의 시를 프라이가 영작하여 이웃에게 전달해 준 것뿐이지만 동서고금을 막론하고 민중은 언제나 더 큰 군주로 살아가고 있다.

방향은 위아래도 있고 좌우도 있지만 쌍방에서 통일을 이룰 수 있는 것은 죽기까지 받들 수 있는 민중적인 삶이 배어 있어야 한다. 더욱이 정치는 수종적인 자세로 섬김이 없으면 결국 일신의 영달에 지나지 않을 뿐 아니라 관객 없는 홀로 극이 되어 막을 내리고 마는 것이다.

작년 진도에는 수천의 바람개비가 돌고 돌았다. 바람에 의해 돌아가는 바람개비같이 잘 돌아가는 정치를 기다리며 "죽었다고 생각 말아요" 위로하는 가사처럼 정치가 죽었다고 생각하지 않으련다.

# 시국時局과 들국(野菊)이 지고 있다


화단에서 딴 구절초에 따뜻한 물을 부으니 그윽한 향이 거실에 가득 찬다. 절기 소설이 지나고 제법 차 마시는 횟수가 늘었다. 아직도 남은 구절초 꽃을 찾아 벌들이 날아드는 것을 보고 있으니 어수선한 세상 생각에 꽃 머리를 흔들어 댄다. 너도 나도 골치가 아프다.

끝을 알 수 있다면, 속절없는 생각에 함석헌 선생이 말했던 '들판의 얼'이나 보고 오는 것이 좋을 듯싶어 해룡천海龍川에 나갔다. 추수가 일찍 끝난 논에는 새싹에 달린 자잘한 이삭들이 바람에 흔들리고 있다. 철새들이 저 이삭을 보면 좋겠구나 싶은 마음, 하늘을 쳐다보았다. 벌써 독수리 몇 마리가 염소방목장을 돌고 있는 것이 보이고, 까마귀 떼가 날아다니는 것이 보인다.

논가에는 키 작은 쑥부쟁이가 얼 꽃이 되어 피었다. 지난 대보름에 먹었던 나물 중에 쑥부쟁이만큼 맛있는 나물은 없었다. 기호에 따라 다르겠지만 단연코 나는 쑥부쟁이를 최고로 친다. 왜소증처럼 자라난 쑥부쟁이가 해를 입지 않았다면 흔들거리며 피었을 텐데, 애석한 마음과 미안한 마음 가눌 길이 없다.

순천시는 매년 해룡천 정화를 위해서 많은 노력을 기울이고 있다.

동천 물을 합수하여 흘려보내는가 하면 버들 길에 구절초와 쑥부쟁이를 식재하고, 디딤돌과 잔디를 깔아 낭만이 넘치는 산책로를 만들은 것이다. 산책로를 걷다 보면 잉어와 큰 붕어들을 쉽게 볼 수 있으며, 새들이 수면 위를 선회하는 모습, 사르르 안개가 있는 날을 만날수 있다면 말 그대로 운이 좋은 날이다.

저 멀리 부축해서 나온 몇 분들과 반려 견을 데리고 나온 사람들이 지나가고 난 한적한 자리에 앉았다. 쑥부쟁이와 구절초에 넋을 잃고 쳐다보다 장석주 시인의 말이 떠올랐다. 명상과 시는 같은 과에 속한 것이지만 명상은 속이고 시는 종이라 했는데, 명상이 속이면 유실수이고 시가 종이면 앵두나무라는 말이다.

우리나라에 들국화로 불리는 종은 15종이 있으며, 그 중에 쑥부쟁이와 구절초는 같은 과인 국화과에 있다는 것처럼 말이다. 들에 핀이 들국화들을 보며 한 철에 피고 지는 것들이지만, 백 년 전쯤 지금과 다를 바 없던 시대에 피었던 들국화는 어떻게 피었던 것인가, 시詩를 헤집어 보고 싶어졌다. 시는 국난을 해결하지는 못한다. 하지만 국난의 상처는 피어나게 할 수는 있다.

대한제국 시절 3대 시인을 꼽으라면 단연 이건창, 황현, 김택영을 꼽는다. 이들은 역사가요, 문장가요, 탁월한 시인들이었다. 이건창은 시세時勢가 중요치 아니하고 심학心學 즉 중심이 중요하다고 역설하였던 인물이며, 김택영은 을사늑약이 체결되자 중국으로 망명하여 『교정삼국사기』 등을 집필하고 슬프게 한인의 삶을 살다간 문장일도의 시인이다.

그리고 우리 지역 광양 출신인 황현은 절명시絶命詩 4수를 남기고 간 순국시인이다. 1910년 9월 7일 54세를 일기로 말이다. "국가가 선비를 기른 지 500년에 나라가 망하는 날을 당하여 한 사람도 죽는 사람이 없다면 어찌 통탄스러운 일이 아니겠느냐. 너희들은 과히 슬퍼하지 마라" 하고 절명시 4수를 남겼다. 시인 황현은 어쩌면 지금 같은 치욕적인 상황을 단절하고 싶었던 것이다. 무당을 궁궐로 불러들여 푸닥거리하고, 무당에게 진령군이라는 군호를 내릴 뿐만 아니라, 대원군이 10년 동안 쌓아둔 저축미를 1년 만에 거덜 내고, 국사를 유린한 명성황후를 가리켜 "죽을 때 죽을 자리만 잘 만난 요망한 인간"이라고 한탄했던 것이다.

그는 유고시집 『매천집』과 역사서인 『매천야록』을 남겼다. 그의 역사관에서 전통질서 흔드는 민중의 저항(동학농민혁명, 갑오개혁)에 대하여 부정적으로 보았는데 이를 단순하게 폄하해서는 안 될 일이다. 이는 무엇으로도 폭력은 옳지 않다는 비폭력저항정신을 일깨워 주고 있기 때문이다.

해룡천 버들 길에 바람이 분다. 들녘 일을 마친 트랙터를 몰고 농부들이 광화문을 향하여 올라갔다. 참으로 비통한 현실이다. 황현이 이건창의 묘에 술잔을 올리고 "외롭게 누었다고 슬퍼하지 말 것을, 그대는 살아서도 혼자가 아니었던가." 했듯이 들국화 같은 절개향이 뚝뚝 묻어나도록 강화도에 묻힌 이건창의 바람이 전국을 휘몰아치는 것 같다.

시국時局이 지고 있다. 들국[野菊]이 지고 있다. 다시 찻잔에 입술을 적시니 황현의 절명시 한 수만이 흘러나온다. "새 짐승도 슬피 울고 강산도 찡그리네 무궁화 온 세상이 이젠 망해버렸구나 가을 등불 아래 책 덮고 지난 날 생각하니 인간세상 글 아는 사람 노릇 어렵구나."

# 출가하는 사람, 출세하는 사람

때가 됐다. 익으면 떨어지고 터지듯이, 때가 됐다. 우려하던 일들이 터지고 있다. 백성을 부려 패도한 정치가 터지고, 신자를 맹인으로 만든 종교가 터지고 있다.

지랄용천검처럼 휘두르던 권력자들의 비리가 터져 나오고, 성장학成長學에 휩쓸린 자본주의 종교가 쌍으로 터져 나오고 있다. 연일 큰 사람들의 비리가 속속 드러나는 가운데 서울 명성교회의 세습실체가 드러나며 명성名聲을 얻고 있다.

한국 교회의 세습과 관련한 문제는 어제 오늘의 이야기가 아니다. '나도 그 자리에 있으면 그럴 수 있을 것 같다.'는 말이 유행처럼 퍼지고 있으니 말이다. 말이야 여러분들의 수고와 협력을 감사한다지만 그 수고와 협력이 사유화된 타락을 우리는 지켜보고 있는 것이다.

패망의 부역자, 권력의 부역자, 부패한 종교의 부역자 이 모든 것들이 한갓 시녀처럼 행세하다가 도로무공徒勞無功하는 이들은 누구를 위한 인생을 살았던 것인가. 백성을 지혜롭고, 슬기롭게 만들어야 할 일을 담당한 것이 정치와 종교이다. 우리는 이 두 대변혁의 기로에 섰다.

종교지도자들은 그 시대의 출가인 들이다. 출가出家라는 말은 기본 의미로 집을 떠난다는 말이지만 종교에서는 집과 세속의 인연을 떠나 불문佛門에 들어 수행하거나 수도원에 들어가 수도 생활하는 것을 말하고 있다. 일하는 소에게 망을 씌우지 않는다는 말처럼 생명의 부를 위하여 사명을 요구받은 사람들이 종교지도자들이다.

젯밥에 눈이 어두우면 장 볼일이 더 없는 것이다. 구원을 빌미로 요사스레 남이나 속였다면 영혼을 훔친 것이고, 정신을 팔게 한 것이다. 정치와 종교는 분리관계라 할지라도 순기능으로 백성에게 있어야지 백성을 종용해서는 못쓸 일이다.

저 암흑의 시대를 잊어서는 안 된다. 베드로성당을 짓기 위해 거둬들인 속전, 면죄부와 사제들의 성직 매매가 만연하여 어두웠던 중세시대는 민중의 독이었던 것과 포르투갈산 무기와 신부를 배에 태우고 일본이 우리나라를 쳐들어 온 것이 임진왜란이라는 것쯤은 모를 리 없을 것이다.

우리나라는 종교자유 국가다. 국교로 받은 종교는 없다. 그러나 시대에 따라 구국으로 일어섰던 종교는 얼마든지 있다. 그만큼 우리나라는 건강한 종교성을 가지고 있다는 증거이기도 하지만 종교가 부패하였을 때는 나라도 넘어지곤 하였다. 그래서 정치와 종교는 변혁이지 변질의 요소를 가지고 있으면 안 되는 것이다.

상식에도 준하지 못하는 행동들이 세계교회의 획기적 사례가 된 한국교단에서 일어나고 있다는 것을 국가가 걱정해야 할 일인가, 사회가 염려해야 할 일인가. 스스로 자성하지 않으면 다시 민중은 돌을 들어 칠 것이다 이쯤에서 출세出世라는 말을 찾아보고 싶다. 출세는 사회적으로 높은 지위나 신분에 오르거나 유명하게 됨을 말하고, 속세를 떠나 신선의 경지에 들어가는 것 또는 속세의 번뇌를 떠나 불도로 들어가는 것을 말하고 있다. 그렇다. 출가든, 출세든 속세의 일을 떠나는 것은 같다. 그러나 집을 떠나 속세의 부에 목을 매는 일들이 무슨 진정한 종교의 가치인가를 묻고 싶다.

성장과 아울러 성공이라는 세속적인 단어가 너무 무겁다. 성공이라는 말이 종교용어로 합당한지 모르겠다. 세습이 왜 가능한가. 성공이기 때문이다. 아버지가 성공하고 그 자식의 자식이 성공하는 일이기 때문이다. 몇 명도 안 되는 신자나 신도를 이끄는 종교인은 여지없이 실패한 것이기 때문이다.

명성교회 관계자는 모 앵커와의 전화통화에서 북한에서나 쓰는 세습을 쓰지 말고 계승이나 승계라는 말을 써야 한다고 하였다. 계승이나 승계라는 말을 쓰면 좀 더 신앙적인지는 모르겠지만 그런 말로 명성교회를 대변할 수는 없는 것이다. 또한 교회 내 정당한 절차를 통해 계승한 것이니 문제없다는 반론이었지만 정당한 절차 자체가 무엇이든 사회가 문제 삼는 것은 교회법이 아니라 일반적 종교를 말하는 것이다.

과거 그리스도 공화국이라는 말이 회자된 적이 있었다. 이제는 그리스도 기업, 혹은 주식회사라는 말로 부르고 있는 사회를 향하여 몸집이 크다고 스스럼없는 행동을 정당화하려는 것은 독선이고, 혐오스런 짓이다.

어쩌면 단 몇 프로의 성공 인자를 가진 사람들의 들러리로 있는

착한 사람들은 너무 슬프고 고단하다. 비정상적이고 이단처럼 느껴져 모두가 맹신하고 있는지도 모른다. 왜 작아질 수는 없는가. 그저 무익한 종이라고 말하고 떠나면 왜 서운하고 섭섭하단 말인가.

곧 동안거가 시작될 것이고, 새로운 교회력이 시작될 것이다. 종교 지도자들은 이 기회를 놓치지 말고 이현필 선생이 말했던 것처럼 거지 오장치 짊어지고 나서듯 해야 할 것이다. 또한 추한 가면을 벗고 사명을 재인식할 수 있는 선함이 일어날 수 있기를 고대한다.

# 나무에 침 꽂고 호령하는 매미처럼

개미가 거둥하고 제비가 사람을 어르면 비가 온다는 속담이 있다. 개미가 떼로 길가에 쏟아져 나와 다니거나 제비가 땅을 차고 사람 옆을 스쳐 날면 비가 온다는 뜻이다. 이는 우리 농경사회의 자연스럽게 일기변화를 예측하며 살아온 지혜가 담겨있는 속담이다. 개미나 제비는 작은 곤충이고 동물이지만 비가 올 징조를 알아내며 살아가는 것을 보면 영물들임에 틀림없다. 징조는 어떤 일이 생기기 전에 그 일에 대해서 미리 보이는 조짐이라 하는데 실패하거나 망할 조짐을 일컬어 망조라 한다.

얼마 전 천 년에 한 번 볼 수 있다는 전설 속의 새, 흰 까마귀가 경남 합천군 율곡면 갑산리에서 발견됐다. 국내에서는 1999년 경북 안동시, 2012년 강원도 정선군에서 흰 까마귀가 발견된 적이 있다. 조류학 관계자는 "흰 까마귀가 나타나는 것은 일종의 돌연변이인 백화현상(알비노현상)으로 세계적으로 드문 사례"라고 말하지만 길조라는 의미에서 참으로 기분 좋은 소식이다. 새 한 마리에도 온 국민이 좋은 징조로 의미를 달고 기뻐하고 있는데 '나라가 망조 들었다'는 흉조凶兆 섞인 말이 설왕설래되고 있다. 망하는 가정이 오는 것이 아니다. 또한 망하는 나라가 오는 것이 아니다. 열매를 보아 알 수 있듯이 심은 대로 거두는 것이다. 우리는 무엇을 잘못 심었으며 심고 있다는 말인가.

나라가 망할 때 나타나는 사회악에 대하여 간디는 7가지로 일변하였다. 첫째 원칙 없는 정치, 둘째 노동 없는 부富, 셋째 양심 없는 쾌락, 넷째 인격 없는 교육, 다섯째 도덕 없는 상업, 여섯째 인간성 없는 과학, 일곱째 희생 없는 종교라 하였다. 돌이켜 보면 이러한 사회악에서 자유롭지 못한 것이 지금 우리가 살고 있는 사회가 분명하다. 모든 분야에서 한계가 노출된 지 어제 오늘의 일이 아니다. 분별하는 혜안이 어두워지도록 무엇을 보며 살았을까 싶다. 천기는 분별할 줄 알면서 시대의 표적은 분별할 줄 모르는 악하고 음란한 세대라고 꾸짖던 예수의 음성이 들리는 듯하다.


이런 글을 읽었다. "교만은 속옷과 같다. 입을 때 제일 먼저 입는다. 그러나 벗을 땐 가장 늦게 벗는다. 가장 깊숙한 곳에서 인간을 붙잡고 있는 것이 바로 교만이다."라는 글이다. 나 아니면 안 된다는 오만과 스스로가 난체하며 방자한 교만으로 우리는 눈이 멀어져 가고 있는데 사회악의 가장 선봉이 아니던가. 한여름 나무에 침 꽂고 울어대는 매미의 울음소리가 참으로 슬프게 들린다. 칠년 끝에 껍질을 벗고 울어대는 소리가 망조를 부르는 노래가 아니었으면 싶다.

우리는 서로 사회악을 피해서는 안 된다. 당당히 맞서서 폭염을 호령하고 있는 매미처럼, 털갈이 하면서 새끼에게 젖을 물리어 키우는 발발이같이, 허울을 벗어 버리고 살아야 할 공존의 지역에 함께 숨쉬고 있음을 깨달아야 할 것이다. 알베르 까뮈는 "사랑받지 못한 건

불운이지만 사랑하지 않는 건 불행이다."라고 하였다. 각자의 자리에서 힘써 사랑하여 망조의 그늘을 벗겨내는 데 자신을 던질 수 있는 행복한 나라를 꿈꾸어 본다.

제4부

할·머·니·의·소·원

# 문학이란 인격을 두고

올해는 유난히 표절이라는 바람이 세차게 불었다. 거짓된 책장처럼 가슴 아픈 한 해를 넘기고 있다. 그럼에도 사람이 살면서 남의 이야기에 귀를 기울여야 할 때가 많다. 경청하기 위해서는 상식과 양식을 쌓아야 하는데 이는 독서가 제일이라 생각한다.

최근 동아일보에 '시집불패 시대'라는 기사가 있었다. 문학의 죽음 속에서 시집들의 수요가 꾸준한 이유는 소셜 네트워크 서비스 시대의 글쓰기에 글을 빨리 인용하고 전달하는 데 시의 문장력이 갖고 있는 힘이 크기 때문이라고 원인을 분석하고 있다. 그러나 시가 삶이라면 시를 버려야 할 것이라고 K시인에게 말한 적이 있다. 고매한 예술에 삶이 매몰되는 것이라면 그것은 차라리 버리고 사는 것이 인간다움이 아니겠느냐고 투정한 적이 있었던 것이다.

시인의 삶이 어떠하든 읽는 이야 작품을 만나서 공감을 하든지 아니다 싶으면 외면하면 그만일 것이다. 하지만 어디 사람 사는 일이 그리 간단하던가. 차라리 작품만 알고 지냈더라면 하는 후회스러운 일이 종종 있기에 K시인에게 진정성이 무엇이냐고 되물었던 것이다.

창작이 지어내는 것, 주관적인 경험을 바탕으로 한다지만 작품 속에 숨어 있는 사사로운 시인의 삶이 볼썽사나움으로 비쳐질 때 그의 작품이 허구의 한 맥락으로서 감동을 떨어뜨리고 그의 시가 수많은 사람에게 영향을 미쳤다 할지라도 속았다는 말밖에 더 이상 무슨 말을 할 수 있을까 싶다.

문학의 윤리 즉, 문학은 비윤리적으로 보편적 도덕률에 대한 저항이라 말하는 하재봉의 견해와 우리가 잃어버린 것은 로고스가 아니라 파토스(열정)로 한 시대의 정신을 추동해 내는 거대한 힘이라고 한 서영채의 견해에서 문학하기의 사생활이 다만 문학의 도구일 뿐인가에 대한 의구심을 떨쳐버릴 수 없는 것이다.

문학의 배반은 수 없이 널려 있다. 글을 쓰는 사람이라면 생명과 글을 소중하게 보듬어야 하는 것이라고 한 김준태의 '생명주의'에서 생명적이라 할 때 농약을 먹고 자살한 시인 김만옥을 문학의 배반자라 하였는데 지독한 가난에 내몰리던 천재 시인 김만옥은 못할 짓을 하고 만 것이다. 그래서 시인 김만옥이 남긴 시들을 읽으면(유고시집, 『오늘 죽지 않고 오늘 살아 있다』) 심미적이고 빛나는 그의 시가 나를 슬프게 한다.

나불거리는
꽃의
이마를 적시는 鐘소리와,
無垢한 잎들은 잎들끼리
맞부비며 펴 오르는
純粹의,
계집 나이로 치면 펴 오르는 스물의
진한 몸내움새.

흔들리는 꽃들 속에 숨어
邊方의 하늘로부터, 가위를 든 園丁은
가장 淸明한 자락을 도려낸다.

- 김만옥, 「아침 薔薇園」 부분

위 인용한 시는 1967년 《사상계》 신인문학상 당선 시이다. 유례를 찾아볼 수 없는 그의 시를 처음 접하고 밑줄을 그은 구절이 있다. "흔들리는 꽃들 속에 숨어/변방의 하늘로부터, 가위를 든 원정은/가장 청명한 자락을 도려낸다."는 이 구절이 얼마나 깊었던지 지금도 그날이 잊히지 않는다. 하지만 청명한 자락을 도려낸다는 시인은 스스로 목숨을 던져 다시는 결혼 같은 것 하지 않겠다는 아내와 세 딸들의 곁을 떠난 것이다.

시인 김만옥을 두고 한 편의 시가 물들어 있으나 사생활의 윤리에서는 늘 비관적이지 않을 수가 없다. 죽도록 시를 썼으면 죽도록 살아야 하지 않았을까. 그의 가난이 풀 수 없는 목숨의 매듭이었다는 것이 분하기만 하다.

다시 문학이란 인격을 생각한다. 시인 김만옥을 예시했으나 나를 포함하여 문학하는 사람들의 인격(person) 속에 감추어진 내밀한 그 사람의 면면을 다 읽을 수는 없다 하더라도 삶이 문학이면 추하거나, 거짓이거나, 외면하고 싶은 모습들은 보이지 말아야 할 것이다. 최소한 건강한 문학을 위해서 혹은 독자를 우롱하지 않기 위해서 말이다.

# 공공미술의 불편함

산마다 불이 탄다. 유난히 더웠던 여름, 뜨거운 태양을 견디고 산
천이 옷을 갈아입기 시작하였다. 이 산 저 산 다 불러 놓고 단풍놀이
를 즐기는 사람들, 이 또한 한철임에 그냥 지나칠 수 없는 노릇이다.
함께 보고 즐기는 것, 이처럼 자연스러운 것이 또 있을까. 영화 한 편
에도 공감하며 울고 웃는 사람들, 거리굿에 어깨 들썩이며 흥을 나
누는 사람들, 더욱이 자연이 선물한 대향연을 보며 불평하고 원망하
는 사람들이 어디 있을까 싶다.

여행의 계절이다. 어디든 떠나고 싶은 길손들에게 볼거리도, 보여
줄 일도 참 많이 있다. 유명한 산천이야 시끄럽게 선전하지 않아도
가 볼 때 되면 다 가보지만, 지방자치별로 준비하는 축제나 가을행
사는 홍보전을 타고 뜨겁다 식는 경우가 많다. 소문난 잔치가 더 많
아 행락行樂이 아니라 개운치 않은 맛을 보고 돌아서는 경우가 허다
하기 때문이다.

오랫동안 마음에서 지워지지 않는 인상적인 것들, 그 지역의 음식,
역사, 정신이 깃든 향토문화는 두고두고 축적하고 싶은 가치를 둔
다. 그러나 본의 아닌 것들로 의아하다가 결국 실망하는 경우가 많
다. 너희가 하니 우리도 한다는 식으로 일색일 경우나, 제자리가 아

닌 아주 불편한 것을 봤을 때 '차라리'라는 말을 쓰지 않을 수가 없
게 된다.

여기에는 공공미술이 있다. 공공미술은 사람들의 정주성을 높여
주고(정신), 보다 쾌적한 삶을 가능하게 하고(사회), 예술을 즐기는 사
람들을 키우며(문화), 문화민주주의와 맞닿은(정치), 문화적 투자로서
고용 촉진하여 경제에 도움을 주는 측면에 이르기까지 공공미술의
진정한 가치는 정신적 빈곤으로부터 해소와 삶의 질이 향상되는 데
있다고 '공공미술이란'에서 소개하고 있다.
나에겐 아직도 풀리지 않는 공공미술의 진실이 하나 있다. 부여군
청 앞에 세워진 계백장군의 동상이다. 처음 60년대 세워진 장군의
동상이 70년대 기백 없는 동상으로 바꾸어졌고, 버려졌던 원래의 동
상은 논산 구자곡초등학교에 세워진 전말이 궁금한 것이다. 또한 가
문의 영광을 기리는 것이야 시비 걸 이유 없지만 백제를 멸망시킨 김
유신 장군의 송덕비가 부여에 세워진 것을 어떻게 이해해야 할지 아
직도 모르겠다.
정신적 빈곤으로부터 해소되는 것이 공공미술이라 했는데 불편하
기 짝이 없다. 우리 지역에도 이런 불편함이 없지 않다. 봉화산 끝자
락 동천에는 그물을 뒤집어 쓴 사자가 간혹 물을 토하고 있는 것을
볼 때가 있다. 처음에는 포효하는 사자의 조형물을 보며 누구의 발
상일까 다들 생각하다가 말이 많아지게 됐고, 지금은 그물을 뒤집어
쓰고 있는 것이다. 온천 수준의 공공미술, 그 사자에게 누가 화답할
것인가 참 불편하다.

순천을 상징할 수 있는 말[馬]도 아니고 사자인 것처럼 어느 날 순천만국제정원에는 버려진 폐자동차 헤드라이트 1,374개를 이용해 높이 9.17m 너비 5.17m의 경주 첨성대를 그대로 재현한 한원석 건축가의 '환생'이란 작품이 서문 입구에서 화려하게 조명을 받고 있었다. 도대체 저 첨성대는 무엇인가 설왕설래 말들이 많았고, 해룡천 옆으로 옮겨져 별처럼 빛나다 슬그머니 사라져 버린 첨성대. 서울 모처에 있던 것을 순천만국제정원으로 옮겨왔고, 다시 한적한 공간으로 밀려나기까지 그 뒷이야기도 궁금하다. 하긴 국제정원에 우리나라, 우리 지역만을 고집할 수는 없지만은 조형물이라 해서 아무것이나 세울 수도 없는 것이다.

공공미술은 대중의 소유와 정신을 담보로 한 것이다. 공공미술정책이 즉흥적이거나 안일한 생각에서 나온다면 정서를 더 빈곤하게 만드는 역할밖에 할 수 없다. 한 장의 벽화일지라도 공공의 마음을 담아내는 것이 더 중요하다. 뛰어나거나 고가의 미술작품이 아니어도 공공미술에는 세금이 운용되고 있으니 경제적 낭비가 돼서도 안 된다. 공공미술, 시민의 마음에 소통의 부재가 선택돼서는 아니 한만 못한 것이다.

# 빈곤 포르노와 저질 예술

사진만큼 사실적인 기록은 없을 것이다. 반면에 연출되는 작법도 사진만큼 발달된 것도 없을 것이다. 처음부터 사진은 어쩌면 두 가지 사실을 가지고 인간의 예술 속성에서 탄생했는지 모른다.

최근 이탈리아 출신 사진작가 알레시오 마모가 인도의 가난한 현실을 고발하기 위해 찍은 사진이 월드프레스포토(World Press Photo) 소셜 미디어에 게재해 구설수에 올라있다. 인도의 비참한 빈곤 실태를 고발하기 위해 〈꿈의 음식〉 시리즈로 제작된 사진들, 이 작업을 하면서 마모는 "사람들이 식탁에 앉아 먹고 싶은 음식들을 상상해보라"고 어린 아이들에게 주문했다고 한다. 문제는 그 식탁에 차려진 각종 음식과 과일들이 플라스틱 모형이었다는 것에 네티즌들은 더 큰 분노가 일어난 것이다.

최소한 모델로 나선 아이들에게 밥이라도 한 끼 주었어야 더 인간적이지 않았겠는가라는 질타가 쏟아지고 있는 것이다. 자신의 예술 행위로 상이나 의식하는 마모의 행동에 다들 안타까워하고 있다.

아주 오래전 어느 겨울이었다. 흑백사진을 주로 찍는 작가와 함께 동행한 적이 있었다. 파릇파릇 자라고 있는 보리밭에서 몇 차례 팔영산을 찍었다. 그리고 소나무 가지 사이로 팔영산을 찍을 요량으로 소나무 가지를 들고 서 있어 달라는 부탁에 소나무 가지를 치켜들고 서 있었던 적이 있다.

그때 사진에서 사실과 연출이라는 이중적인 작가의 예술을 목격하게 되었다. 그냥 보리밭 사이로 찍은 팔영산보다는 소나무 가지 사이로 찍은 팔영산이 더 멋이 있음을 알았다. 이렇듯 진짜 있는 그대로를 찍었는지, 연출했는지는 기록자만이 알 수 있는 것이다.

작품을 통해 전달하고자 하는 메시지나 이미지를 전달받는 사람들이 윤리와 도덕적인 면에서 작가의 인격을 먼저 말할 수는 없다. 이번 〈꿈의 음식〉 시리즈처럼 고발과 예술에 대한 반응이 드러나기까지는 말이다.

진실을 원하는 만큼 가짜라는 것이 비례하여 나타나는 사회이다. 그럴듯한 인간 사회에 응당 있을 법한 이야기(fiction)에서 사실을 요구하지는 않는다. 또는 보정한 사진을 보며 사실을 보여 달라고 떼를 쓰지도 않는다. 문제는 상술에 급급해 꾸며내는 것들, 저질 예술이나 뉴스에 속았다는 사실이 드러날 때 모두는 참을 수 없어하고 있는 것이다.

누구도 예술행위를 억압하거나 구속할 수는 없다. 자신의 의지와 달리 체제하에서 표현하는 예술이 아니라면 말이다. 달에서 보내 온 사진이나 화성에서 보내 온 사진, 저 깊은 심해 혹은 극해에서 찍은 사진 등 한계를 넘나드는 사진을 볼 때 감탄하지 않을 수 없다. 이는 역사적 장을 더해준 기록이기 때문이다.

그래서 사진에 대한 우리의 용어를 살펴보면 참 의미가 깊다. 우리가 사용하고 있는 사진(Photography, 빛으로 그리다)은 실물과 똑같이 그려야 한다는 사寫적인 면과 내면의 정신도 나타내야 한다는 진眞의 동양회화 정신의 전신傳神 철학이 담겨 있다.

단순히 '빛으로 그리다'는 말과 우리의 사진이라는 말의 차이가 담고 있는 의미로 볼 때 내면 정신이 일정 담보돼 있다는 것을 가볍게 생각할 수 없다. '빈곤 포르노'라 함은 구호단체들이 앙상한 뼈만 남은 아동들을 클로즈업해 모금을 유도하는 방식을 비판할 때 자주 거론되는 용어다.

보통 사진을 시각적 창조예술이라 한다. 그러나 '충격적인 이미지'만 부각시키는 행위, 즉 벌거벗은 뼈만 남은 아동들을 찍는 것에 비판이 제기되고 있는 것은 당연하다. 사실적인 기록에도 이처럼 비판이 따르는데 모형으로 연출을 유도한 행위는 현장감은 있을지 모르지만 내면 정신이 사라진 상술에 지나지 않는다.

눈으로 기억된 것은 구구한 말의 설명보다 항상 진실에 가깝게 여겼다. 백 번 듣는 것이 한 번 보는 것만 못하다, 무엇이든지 경험해야 확실히 알 수 있다는 말로 '백문불여일견'이라 하였다. 하지만 눈속임, 왜곡된 사실, 시각에서 생겨난 욕망, 즉 윤리적 비판이 끊임없이 일고 있는 '몰래카메라'와 같은 부도덕한 사회문제가 지능적으로 발달되고 있다. 어쩌면 관음병자가 더 늘어나고 있을 뿐 아니라 부추기고 있는 실정이다.

이는 사진에 훔쳐 보여주는 역기능의 하나일 수 있다. 남의 모습만이 아니라 자신의 모습도 여과 없이 방출하는 관능에 사로잡힌 미적 행위를 조절할 수 있는 방법은 없을까. 미디어시대를 환호한 것이 엊그제 같기만 한데 공허한 시각에만 몰두하는 것 같아 씁쓸하기만 하다.

마모가 알 권리 차원에서 보도한 사진이었다고 해도 더 진실했어야 한다. 어디까지나 위작은 위작이고, 연출은 연출이다. 보도정신에 진정한 사실을 통해 감동할 수 있는 프로정신이 참으로 아쉽기만 하다.

# 율포와 수문포에서 시를 적시다


바다가 있는 곳이면 어디든 좋다고 하는 가족과 모처럼 휴일 나들이를 떠났다. 남해 바닷가는 어디든 아름답지 않은 곳이 없지만, 가을에 한 번쯤 가보고 싶은 곳은 보성과 장흥이 아닐까 싶다. 거기 율포와 수문포가 있기 때문이다.

이번 나들이는 시가 있는 바닷길로 정하고 떠나기로 했다. 물론 그 길에는 이순신 장군의 길이 숨어 있지만 역사공부는 다음 기회로 돌리고 순전히 가을 바다가 있는 해변 길을 따라가기로 했다. 시가 있는 바닷길에서 만나고자 하는 작가는 장흥의 한승원과 보성의 문정희 시인이다.

장흥군은 2005년 농촌마을 종합개발사업 지구로 수문권이 선정됨에 따라 〈시가 있는 여닫이 바닷가 산책로〉 600m에 〈한승원 문학 산책로〉를 조성하여 한승원 시인의 30여 기의 시비가 20m 간격으로 세워져 있다. 문학의 강군이라 할 수 있는 장흥군이 펼친 〈천관산 문학동산〉과 함께 이루어낸 역점사업 중 하나이다.

바다의 풍광과 아름다운 조화를 이루어낸 시비들은 한승원 시인의 고향 이야기로, 율산 마을 주민들의 삶이 고스란히 배여 있을 뿐만 아니라 집필실 해산토굴의 역작들이기도 하다. 율산 마을 사람들은 맨부커상을 수상한 시인의 딸 한강 작가를 커다란 고향의 자긍심으로 생각하고 있으며, 산책로 앞에는 직접 채취한 갯것들을 손님들에게 내놓기 위해 식당도 운영하고 있을 정도이다. 문학을 사랑하는 마을 사람들의 이야기 속에서 추억 하나가 떠오른다.

어느 핸가 수문해수욕장에서 오토바이 키와 고무신 한 짝을 잃어버린 적이 있었다. 채취 허용된 구역에서 키조개와 조개를 잡는 일에 열중하다 생긴 일, 그 후 몇 해 지나 문학 산책로가 조성되었고, 시비 앞에서 바다를 쳐다보다가 고무신 한 짝이 혀를 내밀듯 물 빠진 모래 속에 박혀 있는 것을 보게 되었다. 내 신발은 아니었겠지만 한 편의 시가 나를 응시하고 있었던 것이다.

고무신 신고 팔아온 발품 장흥 편백나무 숲이랑 한승원 詩碑바다 종려나무 해변길이 참으로 오지다 신코에 묻은 시커먼 노상의 때 슬쩍 편백나무 장딴지에다 문질러 걸어본 수작 발끈한 산이 떠밀어 오래된 장난으로 묻어둔 바다 수문포로 내뺐다 어느 여름 잃어버렸던 고무신 혓바닥처럼 박혀 탈골한 허연 뼈다귀로 헤헤거리며 음송하는 곡절을 들었다 시여, 바다여, 잘 있었구나 애달던 너 여기 있었구나 시인의 할아버지와 낮도깨비 경중경중 깨금발놀이 신통부리다 덩달아 한 달음으로 건너와 문지방에 나란히 솟구치며 난 뿔

돌아보면 헤헤 또 돌아보면 헤헤 늦도록 혓바닥이 사그라지지 않고 저녁내 장난치며 하얗게 웃고 있다

                                        - 졸시, 「고무신 엎어 기울이다」 전문

〈여닫이 문학 산책로〉가 조성된 지 10년이란 세월이 흘렀다. 지금도 많은 사람들의 사랑을 받고 있지만 변화된 것도 많다. 처음처럼 산책로를 걸으며 시를 읽을 수 있는 신비감이 떨어졌다. 세월 탓이려니 하겠지만 파손되거나 묻히고 풀에 치인 길을 깨끗하게 보수 유지해야 하지 않을까. 경쟁처럼 치닫던 지방자치 정책이 사후관리에서 항상 평가된다는 것을 잊지 말아야 할 것이다. 문학은 돌에서 피어나는 것이 아니라 사람들의 마음에서 솟아나는 것이라는 것을 망각해서는 안 된다.

조그마한 걱정을 가지고 율포에 들어서자 해수욕 철이 아닌데도 많은 사람들이 해송 그늘에 들어 휴일을 만끽하고 있다. 욕장 입구에 서 있는 문정희 시인의 시 「율포의 기억」이 반갑게 맞아준다. 보성군 노동면 학동리 호미마을에서 태어났고, 시인의 외가가 있는 이곳 율포에서 그녀의 시를 만나다니 행운이었다.

> 일찍이 어머니가 나를 바다에 데려간 것은
> 저 無爲한 해조음을 들려주기 위해서가 아니다
> 물위에 집을 짓는 새들과
> 각혈하듯 노을을 내뿜는 포구를 배경으로
> 성자처럼 뻘밭에 고개를 숙이고
> 먹이를 건지는
> 슬프고 경건한 손을 보여주기 위해서다
>                           - 문정희, 「율포의 기억」 부분

시인과 함께 기억하고픈 100년 해송 사이로 저 멀리 바다는 시를

적시고 있다. 한국문단의 대표적인 두 시인의 고향 바다는 이렇게 고진한 삶을 내버리지 않고 있다. 아무렇게나 돌에 새겨 방치하듯 한 전시물이 아니라 오래도록 고향 심상을 불러일으키는 산돌 같은 두 시인의 시가 읽혀지길 고대한다. 갯냄새 가득한 시를 안고 짧은 여정 속에서 가족들의 얼굴을 바라보니 한 없이 기쁜 날이다.

# 사랑의 편지

누나!
이 겨울에도
눈이 가득히 왔습니다.

흰 봉투에
눈을 한 줌 옇고
글씨도 쓰지 말고
우표도 붙이지 말고
말쑥하게 그대로
편지를 부칠까요

누나 가신 나라엔
눈이 아니 온다기에.

윤동주의 「편지」라는 시이다. 누나에게 부치는 이 편지야말로 아름다운 영상편지 같다. 희고 성결한 시인의 심성과 깨끗한 나라를 염원하는 간절함이 녹아 있는 눈 오는 날의 이미지가 선명하게 드러나고 있으니 말이다. 눈이 오는 겨울도 이렇게 따뜻함이 있을 수 있다니 글이 가지고 있는 능력이 아닐까싶다.

　편지글은 읽는 사람이 제한되어 있다는 것이 다른 글과 다른 점일 것이다. 하지만 어떤 글보다도 자신의 생각과 진실이 담겨 있는 글로 수필의 한 맥락이라 한다. 격식이 갖추어지고 예절이 숨어 있는 글, 편지便紙가 점점 우리들 곁에서 전자매체로 대체되거나 사라지는 현실이 되고 말았다.

　이번 학기에 기말과제로 〈사랑의 편지〉 쓰기를 학생들에게 수행평가로 제시하였다. 평가의 방법은 여러 가지가 있지만 객관을 요구하기보다는 철저히 주관을 요구한 방법이라 학생들과 합의하에 시험 대신 대체하기에 이르렀다.

　결과는 놀라웠다. 학생들이 쓴 편지를 읽으며 내내 눈물이 나고, 가슴에서 밀려오는 감동을 주체할 수가 없었다. 중년 이상의 인생 경험을 가진 사람들이라는 것을 감안해도 너무 큰 감동을 받았다.

　처음엔 편지 한 통씩 써보자는 제안에 모두 난감해 했지만 편지를 쓰는 동안 마음 문이 열리고, 스스로 다짐하고, 위로와 격려, 자신의 성찰과 용서 등 다양한 글들이 어우러진 학기였다. 참으로 건강한 한 학기를 보냈구나 싶어 스스로 대견하기까지 한 것은 감동의 글이 있었기 때문이리라.

　큰 글씨로 또박또박 적어 흐려진 눈에도 읽을 수 있게 한 편지, 소녀같이 예쁜 꽃 편지지에 아로새긴 편지, 하고 싶은 말이 너무 많아 몇 장이나 되는 편지, 결혼 후 아내에게 두 번째 드리는 편지, 살아온 일상을 눈물로 적은 편지, 그리움에 사무쳐 하늘에 붙이는 편지, 처음으로 비밀을 털어놓는 편지, 사업실패에도 꿋꿋하게 성장한 자랑스러운 자녀에게 보내는 편지, 모두가 훌륭한 작가였다.

'흐르는 물을 놓아 온통 산을 귀 멀게 했느니'라는 최치원 선생과 같은 탁월한 상상력의 문장가가 아니더라도 소소한 감동을 엮어 내는 일상의 느낌을 적을 수 있다는 것이 편지가 아니겠는가. 얼굴과 얼굴을 대면하여 말하지 못할 것들을 종이에 적어 소통하는 일이 사랑의 행위가 아니고 무엇이란 말인가.

나에게 아주 특별한 편지가 있다. 매 주일마다 달력 뒷면에 한 주일의 단상을 적어 둘둘 말아 전해주는 장애우가 있다. 그는 이 '달력 편지'를 몇 년째 나에게 쓰고 있는 중이다. 그의 편지에는 개그가 들어 있고, 유머가 넘치기도 한다. 동네 이장이 집집마다 개를 매놓으라는 방송을 했었는가 보다. 그는 이렇게 썼다. "우리 집 덕구는 벌써 매놨지롱!"이라고 말이다. 울다, 웃게 만드는 그가 오래오래 건강했으면 싶어 시로 대신 답장을 썼다.

몇 년째 그는 내게
편지를 쓰고 있다
두루마리 상소문처럼 둘둘 말아
길고긴 이야기를 건네주는
한 주간이 즐겁다
쓰기 좋은 편지지도 있으련만
꼭 달력을 뜯어
편지를 쓴다
나는 그에게 답장 대신
손 한 번 잡아주는 손바닥 편지가
고작이다

우리는 알고 있다
애호박이 자라고
마음이 고이면
애호박이랑 같이 주고 싶어지는
친구란 것을 안다
오늘은 조용히 놓고 간
그의 눈물을 읽는다
축축하게 젖은 애호박 꼭지에다
새우젓 치고 지져낸 바다
푸른 문장을 훌훌 떠먹는다

- 졸시, 「달력편지」 전문

편지는 간략한 격식을 갖추고 있지만 틀에 박힌 것도 아니고, 누가 먼저랄 순서도 없는 것이기도 하다. 도시락이나 책갈피 속에 넣던 쪽지 편지부터 담뱃갑 종이에 쓴 감옥의 편지까지 편지는 수많은 사연을 담고 있다. 편지를 받는 수신자는 그래서 우정이나, 사랑의 대상이 되는 것이다.

유배지에서 보낸 정약용의 하피첩霞帔帖도 있고, 붙이지 못하는 편지도 있고, 세월이 한참 흐른 뒤에 읽어보는 편지도 있으며, 사도 바울처럼 마음 판에 쓴 영의 편지도 있다. 이렇게 편지에는 이기주가 말했던 것처럼 글[文]은 지지 않는 꽃으로 있다. 따뜻한 말과 언어가 가지고 있는 서신의 시대, 글의 꽃이 다시 피었으면 싶다.

사랑하는 누군가에게 편지를 쓰고 답장할 수 있는 지면에 정성과 혼을 담아 낸다면 그 또한 수행이 아닐까. 글 배워 남에게 주자는 말 같이 남에게 글을 보낼 수 있다는 것, 그 속에서 인연의 법을 이어가며 더불어 사는 아름다운 사회가 기록되어지고 읽혀진다면 문자를 가진 한글의 나라, 한글의 세계화가 확장될 것이라고 본다.

이제 글을 써 보자. 몇 글자라도 편지를 써 보자. 사랑의 편지를 써서 부쳐 보자. 편지지에 우리의 마음을 담아 보자. 편지를 써서 입술로 봉인해 보자. 어딘가에 지지 않는 꽃을 심어 보자.

# 예절에서 행복이 나온다

산다화 한 가지 꺾어 화병에 꽂아두고 은행잎을 엮어 장식한 사무실에서 고희를 앞둔 Y시인과 차 한 잔을 나누었다. 잘 우러난 녹차 향처럼 가슴에 새길 수 있었던 이야기, 행복의 지표가 무엇인지 알게 되었다.

서울에서 만난 신랑을 따라 광양 시댁으로 신접살림을 시작한 그녀는 말 그대로 서울새댁이었다. 시집온 지 일주일쯤 됐을 무렵 시어머니가 바깥일을 시켰는데 낫 들고 논에 가서 손치고 오라기에, 농사일에 전무한 그녀는 사람들이 논에서 볏짚을 뒤집어 놓는 것을 보며 낫을 논에다 던져 놓고(다칠까봐), 논두렁 따라 손치며 돌고 있자니 일하던 사람들이 포복절도하며 쓰러지는 것을 보고 창피스러워 얼른 집으로 달음쳐 왔단다.

생각보다 일찍 집에 온 며느리를 보고 시어머니가 의아해하며 묻기에 그냥 손치며 논두렁 돌다 왔다고 했더니 박장대소하더란다. 볏짚이 잘 마르게 뒤집으란 광양 사투리를 못 알아들은 처사로 그 후로 '손친 며느리'가 되었다는 시인의 눈가에 이슬이 맺혔다. 대가족속에서 시부모님의 사랑을 받을 수 있었던 것은 무엇이든 순종하며 따른 일이었다. 그녀의 행복지표는 순종이었던 것이다. 처음부터 무슨 일이든지 다 잘 하는 사람은 없다. 사랑은 제 하는 만큼 받는다는 말처럼 자비량 전도자가 되어 구례 산골 깊은 곳에서 젊은 날을 다 보낸 멋진 인생에게 박수를 보낸다.

멋진 오늘을 사는 10가지 지혜 중 첫 번째에 "오늘만은 행복하게 지내자. 인간은 자신이 결심한 만큼 행복해진다."고 하였다. 순종을 결심한 시인은 가장 소중한 삶 속에 지혜를 가지고 살아왔음을 잘 들려주었다. 순종은 무조건 따르는 것이 아니듯 서로의 경계에서 비롯되는데 한병철은 『에로스의 종말』에서 자기애와 나르시시즘을 논한 바 있다. 자기애는 경계가 있지만 나르시시즘은 경계가 없다. 이처럼 신자유주의는 개인 각자가 자기를 기업화하고 각자의 기업은 연대를 끊어버릴 뿐만 아니라 사랑, 친구, 이웃이 다 '나' 안에 침몰해 버리는 것처럼 오늘날 경계가 없는 이 시대에 그는 종말을 고하고 있다.

서로 어깨 걸고 산다는 것이 얼마나 아름다운 것이며 인간다운 삶이던가. 품앗이가 그러했고, 대가족의 삶이 그러했고, 선후배가 그러했고, 노사가 그러했고, 나라사랑이 그러했다. 뜻 없이 복종하는 것은 복종이 아니라 했듯이 경계가 무너진 우리의 일상을 되짚어 보아야 할 것이다.

어느 날 등교하는 어린아이에게 너는 왜 인사를 안 하냐고 물었더니 망설일 틈도 없이 내가 왜 인사를 하느냐고 하였다. 무엇을 위해서 우리는 유치원이나 학교로 아이를 보내는지 난감한 상황이 벌어졌다. 교육 중에 예절은 없는 것인가. 아니면 예절에 부모가 무지한 가정인가. 그래서 잘난 아이들은 있어도 예절바른 아이들은 귀한가 보다. 인사 잘하는 것만이 예절은 아닐 것이다. 그러나 사람이 살아 가려면 갖추어야 할 자신의 그릇이 있는 법이다. 귀하게 쓰이는 그릇과 천하게 쓰이는 그릇은 무엇이 다른가. 인성이 되먹지 못한 것은 형성 시기에 달려 있는 것이다. 어려서부터 보고 배우는 예절이 그만큼 중요하다는 말이다.

문화가 다르고 생활환경이 달라서 모르는 것이야 도리 없지만 뻔뻔함이란 결국 경계 없는 신자유주의의 산물에 지나지 않는 것이다. 서로 연대하면서 사는 것이 사람이다. 세상에서 가장 중요한 단어는 우리이고, 세상에서 가장 중요하지 않은 단어는 나라고 하였듯이 나보다 남을 존중하며 산다면 어느 곳이든지 살맛나는 세상이 아니 되겠는가.

여러 개 자격증을 가지고 있는 그녀에게 가장 소중한 것이 무엇인가 물었다. 그녀는 '예절사자격증'이라고 하였다. 자격증이어서가 아니라 예절에서 자신의 행복이 나온다는 말에 가장 한국적이고 토속적인 멋스러움이구나 싶어 나도 손치며 혼자 웃어 본다.

# 붉은 팔찌의 불온한 정

붉은 팔찌를 말하려니 왠지 로맨스 소설의 제목이 갑자기 떠오른다. 하지만 소설을 말하려고 하는 것이 아니라 소설 제목 같은 팔찌를 말하고자 한다. 건강팔찌가 한참 유행하던 때가 있었다. 지금도 착용하고 다니는 사람들도 있지만 너도 나도 팔목에 팔찌 아니면 밴드를 하고 다니던 모습은 쉽게 볼 수 있던 풍경이었다. 요즈음 젊은 이들 사이에서는 두 사람의 약속을 나누어 커플반지처럼 손목에 두르고 다니는 팔찌매듭이 유행인 듯하다.

약속이나 계약을 히브리어로 브리트(berit)라고 한다. 브리트는 부러뜨리다(쪼개다)는 말로 거울이나 검 등으로 행하던 아주 오래된 일에서 비롯됐다. 물론 멋과 행운을 바라고 팔찌를 하는 경우도 많을 것이다. 그러나 약속이나 계약에는 서로의 인격을 두고 체결하는 경우가 보통이다.

지금 전 세계적으로 난민의 문제가 심각한 상태에 이르렀다. 우리나라도 예외일 수 없는 문제가 난민의 문제인데 얼마 전 영국의 난민촌을 소개하는 과정에서 아주 특별한 모습을 발견하게 되었다. 그들의 주거지마다 문간은 붉은 색으로 칠했으며 손목에는 붉은 팔찌를 채워서 난민임을 식별하도록 하고 있었던 것이다. 보호나 안전 차원에서였겠지만 당사자들은 이보다 더 큰 차별은 없다고 토로하고 있었다.

복지혜택에서도 차별복지로 시행되고 있는 것이 분명한 처사였다. 물론 자국민들과 똑같은 복지정책을 시행할 수는 없을 것이다. 하지만 다국적 국가인 북미지역의 인종차별이나 영국의 난민정책이 별로 다를 바가 없다는 것을 세계인의 창을 통해서 알 수 있었다.

자선 팔찌를 기억할 것이다. 자선단체나 시민단체가 자신들이 주장하는 사회적 메시지를 새겨 만든 실리콘 소재의 밴드를 말하는데, 고환암을 이겨낸 미국 사이클 선수 랜스 암스트롱이 설립한 랜스 암스트롱 재단(LAF)이 전 세계에 고환암의 심각성을 알리고 환자들을 돕기 위해 '강하게 살자(Live Strong)'란 글자가 새겨진 실리콘 팔찌를 제작해 1달러에 판 것이 시초가 됐다.

이제는 전 세계 각종 자선기관과 시민운동 단체들의 벤치마킹 경쟁을 불러일으키고 있다. 이런 가운데 밴드 착용의 부정적인 시각 또한 만만치가 않다. 영국에서는 청소년들이 실리콘 밴드로 성적 메시지를 주고받는 것으로 나타났다. 빨간색 밴드는 "난 오늘 섹스할 준비가 돼있어"란 메시지이고, 검은색 밴드는 "최근 애인과 헤어졌어", 보라색은 "난 게이야", 분홍색이나 파란색 밴드는 "이성애자"임을 뜻한다는 것이다.

또 일부 판매업자들과 인터넷 쇼핑몰이 판매대금 중 극히 일부만 구호기관에 내고 착복해 자선이란 본래의 의미가 무색한 경우도 일어나고 있다. 난민들에게 채워준 팔찌가 인권유린의 상징이 된다면 약속을 금같이 여기는 신사의 나라는 그들의 본심을 드러내고 마는 것이다.

어쩐지 붉은색 팔찌는 느낌이 남다르게 다가온다. 붉은색은 기혼이나 열정, 사랑을 의미한다고 하는데 이번 영국의 처사로 보아 온당치 않다는 생각이 손목을 두르게 한다. 난민을 받아들이지 않겠다고 반대하는 국가들도 많은데 난민을 수용한 것은 얼마나 따뜻한 정이 있는가. 하지만 절반의 인간으로 살아가야 할 사람들은 인간다운 대접을 받고자 하는 데 있지 넘치도록 바라지는 않는다고 말하고 있다.

우리나라만큼 정이 많은 나라도 없다. 조금은 부족해도 인간의 자존감(인격)만큼은 손상시키지 않는 복지정책과 국가정책이 시행되는 약속의 붉은 손수건이 펄럭이는 나라 되기를 조용히 빌어본다.

# 논물 대는 여심

논갈이가 끝난 논에 물이 하얗게 차 있다. 수면 위로 산 그림자가 드리워져 있고 구름이 두둥실 흘러가는 무논에 기다란 다리로 경중 경중 걸어 다니는 황새들을 보고 있으니 한 폭의 산수화가 아닐 수 없다. 예전 같으면 삭갈이해서 써레질까지 해야 모내기 할 수 있게 골라졌지만 지금은 트랙터로 단번에 끝내버리니 일품을 참 많이도 덜어주고 있다. 이맘때쯤 논두렁에서는 이웃 간에 크고 작은 시비가 벌어지곤 하는데 일명 물싸움이다.

모내기하려고 거름(비료)을 잘 펴고 골라놓은 논에서 물을 빼 가면 좋아할 사람이 아무도 없다. 시기를 놓치지 않는 것이 농사요, 함께 거들어야 하는 것이 농사다. 물 댈 땐 물을 대고, 논갈이할 땐 논을 갈고, 피사리할 땐 피사리해야 농사가 된다. 부지런하고 지혜롭지 않으면 농사일은 가당치도 못한 일이다.

어떤 사람들은 툭하면 농사나 지어야겠다 말하는데 농사가 인생의 바닥이거나, 쉽고도 쉬운 것으로 여기곤 하지만 애당초 글러먹은 생각이다. 땅심을 돋우고 쌀을 입에 넣기까지 얼마나 졸경을 치르기에 벼이삭을 나락이라고 다 말했겠는가. 늙어 죽을 때까지 걱정을 놓지 못하는 것은 먹고살기 위해서만이 아니라 묵혀놓는 땅으로 체

면이 안 서기 때문이기도 하다. 그래서 안하무인한 사람은 땅이 그를 받아주지 않는다. 남을 의식해서가 아니라 남을 배려하는 마음이 있어야 하기 때문이다. 잡초를 안 매면 잡초가 이웃 땅으로 넘어가고, 해충을 방제하지 않으면 이웃의 작물이 피해 보는 것을 소인된 사람이 어찌 알겠는가 말이다.

농심이란 말보다 귀한 말은 없을 것이다. 진실이 담겨 있고, 기다림이 들어 있으며, 신앙이 깃들어 있는 생명의 말이다. 지금은 이 또한 많이 변했지만 슬퍼하는 이 많지 않고, 경쟁에 떠밀려가는 것을 보면 안타깝기만 하다. 그래도 모 회사의 라면을 먹으면서 기억할 수 있으니 그나마 다행인 듯싶으나 수입밀가루로 만든 식품을 입에 넣으며 얼마나 우리 농심을 생각한단 말인가.

"어허 어허 만당 같은 집을 두고/천궁 같은 자식 두고/어하 넘차 어허/문전옥답 다 버리고/원통해서 못가겠네" 이와 같이 〈긴 상여 선소리 타령〉인 상여소리에서도 문전옥답을 두고 가는 길은 원통한 길이라고, 망자를 보내는 선소리꾼의 메김 따라 구슬프게 울어 보내곤 한다.

사실 따지고 보면 제 아무리 잘난 사람이라도 먹지 않고는 못 산다. 그래서 인간을 쌀 먹는 벌레라 하였고 쌀 한 톨이라도 허투루 대하지 않는 법을 밥상머리에서 가르쳤던 것이다. 흙에서 배운 사람이 거짓되게 사는 법 모르듯이 지심地心이 또한 인성이 되는 것이었다.


뻐꾸기 낭랑한 농사철이 되니 온 마음과 몸을 다 논밭에 두고 산다. 잠시 긴한 일을 보러 나왔던 이 여사가 논물이 걱정돼서 올해가 마지막일지도 모르는 논으로 바삐 걸음을 옮긴다. 숨이 차다. 남편을 먼저 보내고 혼자 서너 해째 모내기를 할 참이다. 그래도 아직은 전답 갈아주는 이가 있고, 모심어 줄 이앙기 얻을 수 있어서 참 다행이다. 요즘 농촌에서는 노동의 빈곤이 늘어나고 있다. 노인네들의 일은 괄시받기 일쑤다. 작고 성가신 일은 선불 준다고 해도 마다하니 말이다.

나랏일이나 집안일이나 크고 작을 뿐 베틀이 하는 일은 매한가지다. 여심은 곧 농심과 같기 때문이다. 밤늦도록 베틀에 앉아 짠 베올에 풀을 먹이던 콩풀냄새를 어디에서 맡을 수 있을까. 집안의 가세가 기울어진다. 청와대가 오늘도 편치 않다. 삼시세끼가 부족한 게 아니라 마음이 너무 고프다. 혼자 동분서주 하는 모습이 애처롭다.

흉년이 들거나 가뭄이 오면 백성들을 위해 기우제를 올리며 하늘에 빌던 왕의 모습이 왕조시대의 일만은 아닐 것이다. 물꼬 보러 논으로 달려가는 이 여사의 여심은 통할 것이다. 농심을 버리지 않는 지심의 사람이라고 정녕 믿기에.

# 신덕리 물천어

뻘밭에 찍힌 발자국에서 붉은 핏자국 같은 노을을 보고 서쪽 길을 의식하는 시인의 영혼이 얼마나 외롭고 쓸쓸한가를 만나보는 것도 겨울 우포늪의 시심詩心이다. 그리고 밤별을 줍고 돌아와 쫀득쫀득한 붕어찜을 들거나 메기탕을 든다. 이는 곧 영양식이 아니라 영혼식靈魂食으로서의 입맛이다. 여행이란 늘 그렇지 않던가. 버들붕어처럼 떨림이 없는 영혼이란 얼마나 삭막한가!

위 인용한 글은 주간동아에 송수권 시인이 연재한 「시인 송수권의 풍류 맛기행/창녕 우포늪의 붕어찜」의 한 부분이다. 시인은 겨울 붕어찜을 '인생의 외로움 달래는 영혼식'이라 칭하였다. 그러기에 남도의 멋을 논하면서 그 특별한 맛을 어찌 빼놓고 쓸 수 있었겠는가 싶다.

여름 끝자락 이젠 풀도 울고 간다는 처서도 지났다. 무덥던 올여름 보양식이 더 그립던 한 해였다. 몸도 마음도 지쳐버린 까닭에 시인의 영혼식 만큼이나 기억되는 남도의 맛이 생각난다. 먹었던 기억은 잊을 수 없고 거짓이 없듯이 비가 떨어지고 나면 투망을 던져 양동이 가득 잡아 자작하게 끓이던 '물천어(붕어찜)'가 생각난다.

시원한 냇가나 계곡으로 천렵 나가 먹지 않아도 물천어는 남도의 대표적인 보양식임에 틀림없는 음식이다. 물천어는 꼭 붕어만을 사용하지 않는다. 자잘한 잡어들이 다 들어간다. 특히 물고기 맛보다도 고구마줄기에 배인 양념과 민물고기의 향이 어우러진 탁월한 맛을 일컬어 '개미'가 있다 했던 것이다.

이런 맛을 아무나 내는 것이 아니다. 한 냄비 조린다고 영혼을 흔들 만큼 그런 맛이 나오지 않기 때문이다. 어느 곳에서도 맛볼 수 없었던 물천어 먹으며 포근하게 살았던 행복한 시절이 생각나 눈시울이 젖는 곳은 화순 신덕리信德里다. 종괘산 아래 지석천이 흐르고 옹기종기 집들이 모여 농사 일구며 오순도순 살아가는 신덕리, 흥이 넘치는 아름다운 마을이다.

신덕리는 큰 마을은 아니지만 멋과 맛, 이야기가 있는 마을이다. 예로부터 남도의 풍류가 질펀하게 흐르는 곳, 문향의 예가 깊은 작가들의 고향으로 시인 정려성 목사, 소설가 김신운 교수, 아동문학가 정영기 선생, 수필가 문형숙 화순문학회장 등이 그 주인공들이다. 지금도 이 분들이 고향에서 받은 문학의 힘을 쏟아내는 것을 보면 과연 지석천의 물천어 힘이 아닌가 싶다.

산천은 의구하나 인적은 간곳없다 했던가. 지석천에 투망을 던져 물고기를 건져내던 정쌍기, 김성철, 김옥관, 정대철 이들은 벌써 중년이 되었고, 물천어의 달인 박성례 씨 으뜸이 할머니는 노년의 망중한을 서울에서 풀고 있다니 세월이 덧없기만 하다. 지금 생각하면 영혼의 자유 만끽하며 깨끗하고 정겹게 아이들과 살아본 마을이 신덕리 만한 곳은 없었다.

아마 정영기 선생의 동화 『쌍무지개 뜨는 마을』의 구수한 옛이야기가 풀어져 나오는 마을이었기 때문이라 생각한다. 수묵화 같은 정겨움을 어쩌지 못해 나도 『신덕리 아침』이란 시집을 엮기도 했다. 바람에 버들이 춤추는 강, 마름꽃이 총총히 피는 강, 독심천 대숲을 휘돌아 가는 강, 아름다운 이름 신덕리를 기억하며 물천어 이름을 새겨 넣는다. 피폐해져 가는 농촌, 누리밥상 유산 하나로 남기고 다시 가을을 맞이하자니 서럽기도 하다.

오늘도 달은 지석천에서 찰방찰방 놀고, 종괘산 아래 신덕리는 고단한 하루를 고요히 눕히고 있을 것이다. 30여 년 전 물천어 함께 나누어 먹으며 살던 정다운 이웃들, 그들 속에서 썼던 시집에서 한 편의 시 골라 읊으며 그리움을 달래본다.

근래 보기 드문 아침
초록빛 아이들이
땅따먹기 하던 공터에는
햇빛 한 자락 더 얻으려고
고추 멍석을 펴느라
콩 멍석을 펴느라
깨 멍석을 펴느라 부산하다
장마 끝에 튕겨 나온 햇빛을
가을 무늬로 곱게 물들이는 아낙들은
코싸움까지 벌이고
고추잠자리는 쉴 자리를 잃고
높은 하늘만 지치게 돈다

가을 신덕리 아침은
파란 하늘을 열고
사뿐히 날아왔다

- 졸시, 「신덕리 가을」 전문

# 할머니의 소원

순천시민대학 글쓰기 교실에 등록한 지인이 학기말 숙제로 수필을 써 와 타자를 요청했다. 그녀가 쓴 수필은 대략 원고지 열 장 정도인데 나의 감성을 자극하기 충분하였다. 글의 내용도 감동이지만 16절지나 백지, 공책도 아니고 와이셔츠상자 속에서나 볼 수 있는 각대기에 앞뒤로 정갈하게 써왔기 때문이다.

이름하여 '와이셔츠각대기' 글이다. 한참 동안 웃고, 또 웃으며 즐거운 시간을 보냈다. 일흔둘의 나이에 시를 배우고, 수필을 배워 "봄햇빛처럼 예쁘게 날고 싶어"서 글쓰기 교실에 다닌다는 그녀의 문장 가운데 눈에 띄는 문장이 있었다. "세월이 가져다준 아픔을 말하라면 해금의 심장에서 자진모리로 우는 숨을 꺼내듯 힘에 겨웠다고 말하고 싶다"는 표현이다. 이렇게 깊은 사유의 문장을 최근에 만나본 적이 없다.

한 번뿐인 생애, 시간을 아껴 살고 싶다는 일흔둘 그녀의 소원은 "기억만이 달려가고 희망만 달려가는 과거와 미래보다는 내 작은 몸이 머물러 있는 아니, 모든 것을 담을 수 있는 지금이야말로 내 삶의 승패를 결정할 시발점으로 스스로 느끼며" 누군가에게 글 한 줄이라도 줄 수 있는 것이 소원이라 하였다.

꿈이 없는 사람이 정말 늙은 사람이라 하였다. 할 일 없이 시간이나 축내는 어느 노인이 아니라 세월을 아끼고 시간을 금같이 쓰며 사는 그녀의 소원이 너무 아름답다. 삶의 경험을 바탕으로 한 친근한 이야기들이 한 편씩 조각보처럼 만들어져 우리 사회를 따뜻하게 덮어주었으면 좋겠다.

늦게 글쓰기를 공부하고 문장이 터져 훌륭한 시집이나 수필집을 상재한 분들을 어렵지 않게 볼 수 있다. 배움의 때를 놓치고 살아온 분들의 인생 이야기들이 감칠맛 나는 한 권의 책으로 엮어져 나온 것을 볼 때마다 글(한글)에 대한 감사가 저절로 나온다.

백성을 어여쁘게 여겨 서로가 소통하며 문맹 없는 나라를 바라신 왕의 뜻이 현실에서 이루어지고 있다니 말이다. 읽지도 못하다가 쓰는 사람이 되어 의미 있는 삶을 사는 것이 나라의 문명이며 세계의 문명이 아니겠는가.

이러한 문명사회에서 미개인으로 사는 사람들이 있다면, 그 사람들은 글이 차고 넘치지만 자신들이 누구인가를 아직도 모르고 살기에 눈먼 소경들이 아니겠는가. 널리 세상을 이롭게 살아가기 위해 한 줄의 글을 배우는 소박한 '할머니의 소원'을 그들은 배워야 할 것이다.


한 나라의 글에는 민족정신이 들어있는 국가의 얼과 철학이 있는데 사문死文에 가까운 글과 말이 난무한 언어부재가 넘치는 정치, 경제, 종교 속에서 뜻 없이 살아가야 하는 죄가 너무 크다.

왜 그럴까. 너무 많은 것들을 가지고 있기 때문이다. '가난한 사람'이라 할 때 자신의 죄를 덜 가진 사람이 가난한 사람인데 물질의 소유에서만 해석하다 보니 가당찮은 인생이 되고 만 것이다.

이제는 그 가난을 글에서 배워야 한다. 요즈음 5행 이내의 짧은 디카시가 유행하고 있다. 디지털카메라로 자연이나 사물에서 시적 형상을 포착하여 찍은 영상과 함께 문자로 표현한 시라고 정의하고 있다.

디카시는 '실시간으로 소통하는 디지털 시대의 새로운 문학 장르로, 언어 예술이라는 기존 시의 범주를 확장하여 영상과 문자를 하나의 텍스트로 결합한 멀티 언어 예술'이다. 시조나 일본의 하이쿠와는 다르지만 누구나가 쉽게 접근할 수 있고, 공유할 수 있는 장점이 있다.

우리는 단순훈련이 매우 필요한 시대를 살고 있다. 언어에 단순훈련이 들어가 있는 것이 시조이며, 하이쿠가 아니겠는가. 이를 언어의 단사리斷捨離라 할 수 있는데 단사리는 '쓸데없는 물건은 버리고 죽여서 삶을 깔끔하게 정리하자'는 의미를 가지고 있는 미니멀리즘과 상통하다고 할 수 있다.

이처럼 외형적인 영성의 첫 번째도 바로 단순훈련이다. 복잡한 것을 단순화하고 최소한의 필수적인 것만 남겨두고 번잡한 것은 치워버림으로 더욱 영성이 나오는 힘을 기르는 것으로 포기하는 것(금욕주의)이 아니라 비우는 것이다.

현대인들의 결단양식 가운데 제일 필요한 것이 단순성이다. 여기서 자유가 나오고, 진정한 거룩한 중심에 깊이 들어갈 수 있는 힘이 나오기 때문이다. 결국 단순이라고 하는 것은 소유에서 문제가 나온 것이기 때문에 소유 문제가 단순화 되지 않으면 더 복잡해지는 것뿐이다.

소박한 할머니의 소원처럼 '행복한 관계를 위해서 한 줄의 글을 나누는 것'이라고 한 말에 밑줄을 그어야 할 것이다. 미사여구에 화려한 글인들 무슨 소용이겠는가. "한 알의 모래 속에서 세계를 볼 수 없는데" 말이다.

꽃잎에도 핏줄이 있다

제5부

돌·에·서·배·우·다

# 가정은 우리 삶의 원형이다

쓸쓸히 혼자 죽어가는 사람들이 늘어 가고 있다. 급기야 사회문제화 되기까지 고독사孤獨死라는 것은 이제 연령과는 상관없는 문제가 돼버렸다. 그들에게도 누군가가 있었을 텐데 혼자 쓸쓸히 죽어야 하고, 방치된 시신은 뒤늦게 부패라는 냄새쯤으로 부고를 알리는 외로운 노릇이 쌓이고 있다. 지금 우리가 살고 있는 사회는 고독한 사회가 아니라 외로운 사회가 돼버렸다. 사람이 살아가는 데 있어야 할 중요한 원형(archetype, 原型)이 무너져버린 까닭일 것이다.

본디 가정은 공속성共屬性을 가지고 있는 생활공간으로 지상에 사람이 살기 시작할 때부터 있었던 것이다. 그러나 개개인의 권익이라는 엄준한 개별주의가 가정이라는 구속력에서 해체를 진행시켰다. 간섭하기도 싫고, 간섭받기도 싫은 깔끔하지만 외로운 존재의 무색주의를 꿈꾸는 사회를 환호하기 시작하였다. 혼자 먹는 밥(혼밥), 혼자 먹는 술(혼술)이 유행처럼 번지고 있다. 설령 돈이 있어도 혼자 식당에 앉아 밥 먹는 것이 멋쩍어 굶고 만다는 사람들도 많다.

최근에는 졸혼卒婚하는 사람들이 늘어나고 있다. 물론 경제적 여유가 없고 정신적으로 건강하지 못하거나, 질병으로 생활의 도움을 받아야 할 사람들은 엄두도 못 낼 일이다. 물론 내 삶을 찾아 떠나는 것을 나무랄 수는 없다. 이렇듯 가정이라는 역기능도 아주 없잖아 있지만 가정은 우리 삶의 원형이다.

아내와 함께 지리산 성삼재를 넘으며 이런 생각을 하였다.

치렁치렁 오르며
다래넝쿨이 틀어쥔 오리목 열매

한 수 또 한 수
까맣게 복기하고 있는
아내에게
너푼너푼 눈이 내리고 있다

저 납설이 녹아 흐르고
불면의 꽃
달거리 꽃이
창창 피기라도 했으면 좋을

아내가 받은 비나리가 참 춥다

- 졸시, 「갱년기」 전문

삶의 원형을 잃어버리고 있는 시대에 함께 생각하고 산다는 것의 진정한 가치를 우리 삶의 근처에서 말하고 싶었다. 가장 가까이 40여 년을 함께 생활한 아내의 갱년기를 보면서 결혼이라는 약속을 지켜내기 위해 그녀가 어떻게 살아왔는가를 쓴 것이다. 소녀에서 여자로, 아내와 어머니로 한 사회의 구성원인 그녀가 살아 온 인생은 무엇인가를 말이다.

가정의 원형에는 부성과 모성을 따로 그 우열을 논할 수 없다. 그러나 부성보다 모성에 천착한 것은 이 시대의 영성이기 때문이다. 하비 콕스는 일찍이 『영성, 음악, 여성』을 통해서 시대를 읽는 법을 설파한 바가 있다. 근원적 뿌리에로 돌아가 순환적이고, 유기체적인 사고로 문명의 전환기에 선 사람들로 갈증과 공허함을 채우기 위해서 말이다.

멀리 어머니 가슴에 매달린 채 죽어가는 어린 것에서부터 "젖에 매달린 까만 삭정이/사막 애가 안겨 마르는 동안/춤추는 나비/붉은 나비가 훨훨 허공에 날아 뜬다"(졸시, 「젖나비」 부분) 우리들의 손자에 이르기까지 "아이들아/우리들의 괭이는 토종의 이름/거닐고 사는 신통한 할아버지시다/할아버지는 호랑이가 아니다/포효하지 않고 갈그랑거리다/꽃이 되고 풀이 되는 달빛의 족보다/수틀린 세상에 척척/산을 뒤집고 토담 뒤집어 놓는 꽃/너희에게 오시는 낙법이시다"(졸시, 「괭이 손자」 부분) 이렇듯 생명의 명령을 부인할 수 없는 지독함을 읽었기 때문이다.

며칠 전 지인들과 국밥집에 들러 돼지머리국밥을 먹었다. 조그만 홀이니 옆에 앉은 손님들의 대화나 행동들이 자연스럽게 귀에 들어오고 볼 수 있었다. 젊은 부부가 남매를 데리고 들어와 국밥을 시키고, 아이들도 함께 먹는 것을 보게 되었다. 별 이상할 것도 없는 데 한참이나 지켜보다 그 가정을 생각하게 되었다. 햄버거나 피자를 더 좋아할 아이들에게 국밥집이라니, 저것이 교육이다.

아이들이 국밥집에서 무엇을 배우고, 경험한 것일까. 어릴 적 부모

님과 국밥집에 갔었다는 것 하나를 기억하고 사는 것만도 그렇지 않은 아이보다는 작은 역사 하나를 가진 것이기 때문이다. 물론 국밥집에서 '토렴'이라는 단어는 못 배웠을지라도 뜨거운 국물에 몇 번이나 말아내는 국밥을 기억할 수 있다면 말이다. 식성을 떠나서 아이들과 국밥집에 들러 한 끼를 모시던 그 젊은 부부에게서 가정이라는 따뜻한 말이 지금도 식지 않고 있다.

  가정을 이루지 못하거나 미루게 된 이유가 있다면, 어느 때는 상대가 없어서이었지만 지금은 결혼해서 살 엄두가 나지 않는 시대를 원망하고 있다. 산아제한으로 둘만 낳아 잘 기르자던 때가 언제였던가. 급속한 고령화시대에 들어서고야 인구정책이 잘못됐다는 것을, 경제적 구도가 어설폈다는 것을 두고두고 후회하고 있는 것이다.
  가정은 개개인이 생활하고 보호받는 터전인 동시에 한 사회를 유지·존속시키는 최소의 단위로서 개인과 사회를 연결시키는 중간 고리라고 할 수 있다. 이 원형의 고리가 건강하게 연결되도록 하는 것이야말로 우리 모두가 감당해야 할 일이며 국가적 과업이다. 그러므로 이제는 국가가 가정을 위해서 충분히 일해야 할 때이고, 국가로서의 능력을 발휘해야 할 것이다.

# 돌에서 배우다

　잔가지가 가지런히 전정된 감나무에 해풍이 건들건들 부는 순천 만 개펄이 자르르 윤기 나는 오후다. P교수네 안마당에는 마지막 굴 을 굽느라 나무난로가 달아올랐다. 진달래 피기 전 굴 구이 먹을 요 량으로 부산하게 구워 내고 있다. 일상의 가벼운 대화 주고받으며 서로의 정을 나누다 보니 시간가는 줄 모르고 흥에 취해 있을 때, 우 정의 정표로 받았다는 수석 한 점에 모두의 마음이 가 닿았다. 태화 강에서 데려온 흑석을 두고 해박한 이해를 도와 감탄을 자아내게 한 K시인의 수석연재담은 특별한 별미다.

　어쩐지 돌에 핀 꽃을 따 굽고 돌이 품고 있는 기품에 반해 흑석 같 은 밤이 빛나는 돌의 날, 박두진 시인의 「수석 연가」 한 수가 생각났 다.

　　돌밭의

　　돌들이 날더러 비겁하다고 한다.
　　돌들이 날더러 어리석다고 한다.
　　돌들이 날더러 실망했다고 한다.

돌들이 날더러 눈물 흘리라고 한다.
돌들이 날더러 피 흘리라고 한다.

(중략)

이때 천천만 돌들의

　그 돌 속의 불, 돌 속의 물, 돌 속의 빛, 돌 속의 얼음, 돌 속의 시, 돌 속의 꿈, 돌 속의 고독, 돌 속의 눈물, 돌 속의 참음, 돌 속의 힘, 돌 속의 저항,

- 박두진, 「수석 회의록」 부분

　현장에서 돌을 배운 멋진 시간이었다. 학교교육이 융합교육으로 새로 거듭나는 이때 우리들은 풍성한 산교육을 밤 깊도록 걱정하며 나누었다. 얼마나 다행스런 일인가. 시험 단계에 있을지라도 입시교육을 탈피하려는 참교육이 시도되고 있다는 것이, 뿐만 아니라 정답으로 끝나는 것이 아니라 국어가 있어 수학을 하고 수학이 있어 역사와 철학을 이야기하며 연계하는 공부가 정말 인간다운 교육이라는 것을 확인한 것이다.

　이세돌이 알파고와 세기의 대국을 펼쳤다. 그는 졌다. 진 것이 인간의 실패가 아니라 돌의 가르침을 통해 인간을 세운 것이다. 인공이란 것은 실패를 원하지 않는다. 마찬가지로 실패를 두려워하거나 원치 않는 것은 생명체가 아닌 것이다.

일찍이 과학 칼럼니스트 케빈 켈리는 '통제 불능'을 말하면서 예견이라도 하듯 "성서에 따르면 태초 인간을 창조했다. 그러나 인간은 신의 지배에서 벗어났다. 이를테면 낙원 추방이다. 마찬가지로 인간은 신이 돼 기계를 창조했다. 하지만 자신이 만든 창조물이 어느 날 지배 밖에 있음을 문득 깨달아야 했다. 신이 그랬듯 인간도 싫든 좋든 현실을 받아들일 수밖에 없다. 통제 불능이다."라고 하였다.

20세기는 물리학의 시대라면 21세기는 생물학의 시대가 될 것이라는 그의 견해에 따라 '만들어진 것'과 '태어난 것'의 결합복잡과학성의 현주소를 우리는 살게 된 것이다. 즉, 자율적이며 창조적인 통제를 할 수 없는 세계의 탄생이 통제 불능이다.

그러나 우리 인간에게는 무한한 인성과 영성이 있다. 생로병사로 존재하는 인간, 의사 양창모가 말한 것처럼 인간이 실수를 할 수 있다는 사실을 받아들이는 것에서 인간의 진보는 시작되고, 무결점의 인간보다 실패로부터 겸손을 배워나가는 인간이 훨씬 이 세상에 민폐를 덜 끼친다는 말이 타당하다.

통제 불능의 시대에 우리는 철저히 자본주의를 깊이 생각해야 한다. 인공지능과 같은 새로운 생물체가 두려운 것이 아니라 자본주의를 바탕으로 한 생물체를 운용하게 된 것을 두려워해야 한다. 우리나라는 어느 것에도 이미 자본주의를 통제할 기능이 마비된 상태이다.

정치, 종교, 사회, 문화 전반에 걸쳐 자본주의 토대 위에 세워진 현실 한 복판에서 이세돌은 대국을 치렀고, 우리들은 이겨주기를 응원하였다. 하지만 자본의 게임을 인간은 이길 수 없다는 교훈을 받았다. 이제 돌을 다시 들어 복기하듯 "돌과 돌이 끌어안고 엉이엉이 운다."고 돌을 노래한 시인의 눈물을 읽어야 한다.

# 그곳에 가면 도투마리가 있다

무더위가 한창이다. 메뚜기도 한철이라더니 유례없는 더위가 전국을 찜통으로 만들어 놓고 있다. 아직 더위가 한풀 꺾이려면 몇 주는 더 견뎌야 할 것 같은데 더위에 약한 노인들이나 어린이들이 많이 걱정된다. 무더위를 잘 보내려는 지혜가 돋보이던 생활도구들이 생각난다. 부채, 패랭이, 대자리, 모시옷, 죽부인, 보리밥바구니 등 지혜가 돋보이는 것들이 아직도 사라지지 않고 있다는 것이 다행스럽게까지 느껴진다. 그 쓰임새가 옛것과 별 차이는 없지만 자연소재를 벗어난 것들이 시대상을 반영하는 듯하다.

요즈음 새로운 말로 조합해서 나오는 신조어들이 많아 어느 때는 격세지감을 느끼게 할 때가 다반사다. 이에 알아듣지 못하는 세대들을 외계인 취급하는 모습을 볼 때 우리의 아름다운 말들을 못 알아듣는 꼴과 똑같다. 전문용어가 아닌 생활 속에서 흔히 볼 수 있는 것임에도 고개를 설레설레 젓는 모습을 보면 참 신기하다.

무더운 날 돗자리나 대자리를 펴고 그 위에 누우면 땀띠 없이 편안하게 잠을 잘 이룰 수 있다. 원인을 대라면 소재가 자연친화적인 시원한 소재들이며, 채상문양이 돋보이기 때문이다. 조상들의 지혜가 가득 담긴 도투마리문양이라는 것인데 이 '도투마리'라는 말이 얼마나 아름다운가. 댕기머리의 '댕기'만큼이나 아름답다. 이 도투마리문양은 의식주에 흔히 멋을 내는 고급스런 문양으로 많이 사용하고 있다. 옷에도, 잔칫상에도, 집의 구조에도 도투마리문양은 빠지지 않는다. 또 더러는 지형에도 사용하여 도투마리섬(여), 도투마리골 등으로 불리기도 한다.

> 도투마리 밖에 있는 굴
> 대섬 밑으로 있는 굴
> 천수만에 있는 굴은 나룻개로 오너라
> 석화야 부르면 으-응
> 정월대보름 해변에서 듣던 할미새가
> 담 너머로 굴 부르기 섬섬 치고
>
> — 졸시, 「조새」 부분

도투마리는 베틀에 있는 한 도구로서 베매기에 의해 날실을 감는 H자형의 널빤지다. 베틀 앞다리 앞쪽의 누운다리 위에 얹어두는 것으로 방언으로는 도꾸마리, 도토마리, 도트마리라고도 한다.

지금도 진땀을 흘리며 베틀에 앉아 모시를 짜는 베틀소리가 들리는 듯하다. 모시는 일 년에 세 번 수확하는 데 2달 간격으로 5월부터 10월까지 일수, 이수, 삼수라 하여 이수 기간인 7~8월 모시를 제일로 친다. 무더운 여름 졸음과 모기를 쫓으며 베틀에 앉아 밤 깊도록 한 올 한 올 짜던 내 고향에는 삼밭골이라는 마을도 있다.

등마루

사람 사는 수가 나오는 삼실 같이 긴
철거덕철거덕 걸어 짜던 밤
지친 등잔이 파르르 연기 날리며
아침 새 되어 날아가던 마전동麻田洞
날콩풀 냄새가 코끝을 매었다

                                    - 졸시, 「삼밭골」 부분

지금은 베 짜는 이들이 없지만 '도투마리'는 그래서 기억이 난다.
　지역마다 옛것을 보존하고자 축제형식을 빌어 다양한 행사를 치
르곤 한다. 참으로 의미 있는 일이다. 그러나 가끔 상혼에 젖어 의미
가 퇴색하는 경우도 종종 있는데 이에 반해 아주 한적한 곳에 자리
한 민속전시관을 소개하고자 한다. 바로 〈여수민속전시관〉이다.
　비록 한 지역의 전시관이지만 여수민속전시관(여수시 율촌면 서부로
1442)은 사라져가는 여수시 향토사자료와 민속자료를 보존, 전시하
고 있어 옛 조상들의 생활모습의 이해와 전통놀이체험 공간으로 활
용하고자 2012년 6월 21일 개관하였다. 폐교를 민속전시관으로 재
활용하고 있는 여수시의 정책이 잘 반영된 곳이기도 하다.
　전시관은 민속관과 동백관으로 조성되어 있다. 민속관은 조선시
대부터 근·현대를 이르는 생활민속자료와 대표적인 문화유산을 전
시하고 있으며, 동백관은 조선후기에서 근래까지 사용되었던 생활
소품과 여수시의 변화상을 보여주는 전시실이다.

　무더운 여름 피서를 시원한 곳으로만 갈 것이 아니라 아이들 손잡
고 여수민속전시관도 둘러보는 것 또한 좋은 피서가 될 것이다. 그

곳에서 부채, 보리밥바구니, 대자리, 모시옷, 우물, 베틀의 도투마리
도 보고 조상의 지혜와 옛 물건의 이름 하나쯤 기억해보는 배움의
뜻깊은 시간이 된다면 얼마든지 땀이 나도 좋을 일이다.

# 원창역에서 부르는 가을

"새벽부터 오는 눈이 무릎까지 덮는데/안 오는 건지 못 오는 건지 대답 없는 사람아/기다리는 내 마음만 녹고 녹는다/기다리는 내 마음만 녹고 녹는다/기다리는 안동역에서" 가수 진성이 부른 〈안동역에서〉를 개사하여 원창역에서, 원창역에서 불러가며 한 번도 이용한 적은 없지만 오늘은 혼자만의 약속장소인 원창역에 간다.

순천에는 한국철도공사 전남본부와 한국철도시설공단 호남본부가 있는 순천역이 있다. 순천역을 연계한 경전선과 전라선에는 간이역들이 많이 있다. 옛 모습 그대로 보존하고 있는 간이역, 특히 문화재청 근대문화유산으로 등록된 전남지역 간이역은 곡성역, 원창역, 남평역, 율촌역 등이 있다.

잠시 간이역 문화재적 가치를 살펴본다. 한국콘텐츠 진흥원은 간이역의 가치를 20세기 초 근대화의 물결에 따라 마차에서 기차로 교통수단이 바뀌면서 생겨난 것으로 근대기의 기간산업과 생활하는 데 중요한 자료이며, 교통통신의 발달로 신문화의 전국 유입과 지방 고유문화의 출입구, 항일운동의 만주로 이어주는 매개체, 서민들의 사연과 애환을 풀어놓는 한국현대사의 쉼표 역할이라 하였다.

근대문화유산으로 등록된 간이역 원창역은 2004. 12. 31 등록되었고, 별량면 봉림리(친환경길 162)에 위치해 있는 순천의 또 하나의 문화유산이다. 1930년대 일제강점기 표준설계를 잘 표현한 간이역으로, 아날로그 감성이 물씬 묻어나는 흰색 바탕의 검은색 글씨로 쓴 간판이 눈에 쏙 들어온다.

원창역은 1930년 12월 25일 영업을 개시했고, 본래 모습이 잘 보존된 역사로 등록된 문화재 128호로서 2005년 9월 1일부터 무인역으로 전환되었지만 (일제강점기에는) 지역의 주요 생산물인 쌀, 목재, 광물을 일본으로 수탈하는 통로 역할을 했었다. 원창역은 송정리-여수 간 철도에 만들어진 역사驛舍 중 하나로서 대합실 부분의 지붕이 역무실의 지붕보다 높게 설계된 80여년의 역사를 지닌 건물이기도 하다.

지금은 역사의 희로애락을 고스란히 간직한 채 격동의 한 시대를 조용히 증언하고 있다. 보선차량이 대기하거나 휴식을 취하는 곳, 전방신호기가 가끔 파랗게 바뀔 때 말고는 붉은 신호등만이 켜있는 곳, 전철화 구간이 아니므로 고압전기 위험이 따르지 않는 곳, 마치 철로공원의 느낌이 들어 추억이야기를 기다랗게 펼칠 수 있는 아주 특별한 공간이다.

물론 무인역이기 때문에 함부로 철로에 접근하는 것은 사전 허락을 받을 필요가 있다. 순천이나 벌교를 향해 곧게 뻗어있는 철로에 일단정지라고 쓴 녹슨 정지표시판을 보면서, 무조건 빨리빨리 속도감에 지친 사람이라면 느림의 미학을 배울 수 있을 뿐만 아니라 길

하나로 경계선을 삼고 있는 순천이 담아내고 있는 삶의 공간의식을 배우게 될 것이다.

가까운 곳에 위치한 성산역은 새로운 보수작업으로 단장되었고, 구룡역은 없어졌지만 원창역은 옛 모습 그대로 존재의미를 더해주고 있다. 옛 집기류나 쓰던 물건들이 깨끗하게 치워진 것이 조금은 아쉬움을 갖게 하는 부분이다. 그전처럼 내부에 열차 시간표 등 무인역으로 전환되기 전의 모습으로 재현 보존하는 것도 역사에 대한 관리가 될 것이다.

이제는 근대문화유산으로 관리 보존하는 차원에서 역사의 교육장으로, 문화 콘텐츠로 개발하여 드라마 촬영장에서부터 원창역을 거쳐, 별량염전과 화포 해변의 해돋이, 갯벌체험을 연결할 수 있는 로드테마로 활용할 수 있다면 순천을 찾는 여행이 단순히 보는 것에서 배우고, 경험하고, 인식할 수 있는 여행으로 자리매김 될 수 있겠다는 생각이 든다.

많은 자본을 들여 만들어가는 것도 필요하지만, 이제는 순천의 문화유산을 잘 활용하는 지혜를 모을 때이다. 역사에 어두운 사람은 역사에 휩쓸리리라는 말이 있다. 역사는 내 가정, 내 고장의 역사로부터 출발한다. 편향적으로 좋은 것만 말하고 생각하게 하는 것은 좋은 역사관이 아니다. 역사는 단순히 지난 과거가 아니기 때문이다.

원창역에 가을이 짙어지고 있다. 보내는 사람도, 떠나는 사람도 없는 간이역이지만 원창역을 찾는 사람이라면 누구나 가을의 풍경 속에서 길의 의미를 발견하게 될 것이다. 문득문득 생각나는 쉼표 같은 정거장, 기적소리 울리면 가슴이 두근두근 거리던 것처럼 가슴 뛰는 젊은 날이 생각날 것이다. 지금 원창역에는 가을을 부르는 종려 나무가 푸르게 손짓하고 있다.

# 사회복지사의 사명은 언어의 순장殉葬이다

추적추적 겨울비가 내리고 있다. 예전 같으면 하얗게 눈이 내릴 때이다. 김장도 한 해살이 큰살림인 만큼 시기에 맞추려 옆집 할머니는 오늘도 부산하다. 이웃사촌들이 할머니 집으로 품앗이 김장하러 가고 있다. 그래도 시골 인심이 남아 있어 정겨운 모습이다. 며칠 전에는 대문 앞에 김장하고 맛있는 김치를 말없이 두고 간 이웃이 있어서 얼마나 감동했는지 모른다.

그 힘들고 어려운 김치는 뭐 하러 담그나 한다. 먹고 싶을 때 한 두 포기 사먹으면 그만이란다. 젊은 사람들은 쉽게 말하지만 김장에 가풍家風이 들어있다는 것을 모르고 하는 소리다. 장맛과 그 집 화장실을 보면 살림 사는 법을 알 수 있듯이, 김장은 단순히 김치를 담그는 것만이 아니다. 김장은 봄철의 젓갈 담그기에서 초가을의 고추·마늘 준비, 김장용 채소 재배 등 준비하는 데에 반년 이상이 걸리는 한 가정의 큰 행사이다.

김장독 뚜껑 위에 하얗게 내린 눈을 보며 행복해 하시던 어머니 얼굴이 그립다. 겨우내 익어가던 가난한 행복의 맛이 생각난다. 이렇듯 김장은 가족을 위한 사랑을 담고, 이웃과의 정을 담는 우리의 유산인 것이다. 이 작은 가정의 유산들이 이제는 유네스코 인류무형유산으로 보전되게 되었다. 김치라는 반찬의 위상만이 아니라 나눔이라는 문화를 높이 평가한 것이다.

나눔을 위한 김장문화에는 지역의 맛과 향토 요소들이 배어 있듯이 오랜 우리의 정서가 깃들어 있는 것이다. 그 정서를 어찌 상품으로 낙점할 수 있겠는가. 김치는 맛으로 말을 한다. 잘 익은 말로 말이다. 이것은 우리가 살아가는 예술이라고 말할 수 있다.

사회복지를 공부하기 전에는 단순한 봉사, 남을 돕는 일, 나눔 정도로 생각했었다. 나에게 왜 사회복지를 공부하려느냐고 물을 때, 선뜻 대답하기를 눈높이를 배우려 한다고 대답한 적이 있다. 이제 생각해보니 일리 있지만 정확한 대답이 아니었다. 사회복지는 과학이고 예술이라는 것을 알기 전 대답이었으니, 그럴 수밖에 없었다. 완전한 공부에 이른 것은 아니지만, 나부터가 사회복지에 대하여 부족하고 아쉬운 것이 예술성이라는 것을 알게 된 것이다.

사회복지의 마인드(mind), 사명, 기술과 능력 등 갖추어야 할 것들이 많다. 그 가운데 인격과 관계적 소통에는 무엇보다도 말이라는 언어가 중요하다. 사회복지에 언어가 차지하는 것이 얼마나 큰 비중인가를 간과하는 경우가 적잖다. 사회복지는 자격증으로만 되는 것도, 해서도 안 된다. 원칙에만 집착하여 남의 가슴에 상처를 주는 언동으로 행복한 삶의 질을 높여줄 수는 없는 것이다.

사회복지사는 맛있는 김장독처럼 맛이 깃든 말을 담고 있어야 한다. 송수권 시인이 "시인의 최고, 최후의 사명은 언어의 순장殉葬이어야 한다."고 말한 것처럼 시인이 아니더라도 사회복지사는 순장의 묘제가 있어야 한다. 순장은 중국 은殷나라 때부터 우리나라에도 있었던 왕이나 귀족 등 고위층이 사망하였을 경우 처자와 노비(때때로 가축)를 장례식에서 함께 매장하던 일이다. 물론 가부장제도가 발달한 세계적인 문화이지만 시인이 말한 순장은 언어를 통한 명산과 대천, 사람과 정신, 음식과 문화를 만나 나를 찾는 자아발견이며, 원형 탐구의 길이라 했다.

그래서 시인은 생전에 말하기를 "시인이 생경한 언어로 혹은 상업성이 짙은 감각 자극으로 껍데기만 내세워 연명하는 것은 부끄러운 일이다."고 하였다. 한국의 풍성한 문화식탁을 위해서 시인이 김장하듯 뻘, 황토, 대나무의 정신인 남도문화를 구축해 낸 것같이 사회복지사들은 생명식탁을 위하여 언어를 잘 담아야 할 것이다.

이제 한 달이 지나면 새내기 사회복지사들이 많이 배출될 것이다. 주·야간 대학에서 졸업을 앞둔 사회복지사들에게 졸업하기 전, 스스로 다시 한 번 말(언어)에 대하여 숙고하는 시간을 가져보기를 권한다. 말본새가 잘 갖추어진 사회복지사가 되기를 말이다. 사회복지는 돈벌이가 목적이 아니라는 것, 과학적 기술은 부족하면 배우고 채우면 돼지만, 예술성은 자신에게서 나오는 것인 만큼 자신이 아니고는 고칠 수가 없다. 못 먹을 김치는 버리면 돼지만 인성을 담는 김장독은 어떻게 깰 수가 있겠는가.

인도 드라마 블랙(Black)이 생각난다. 보지도 듣지도 못하는 소녀(8세) '미셸'을 위해 '사하이' 선생님은 세상과 소통할 수 있게 하고, 세상을 열어주는 보호자가 되는 진정한 교사상, 순장殉葬으로 전 세계 10억을 울렸다. "또 다시 빛이 어둠을 이기고, 소리가 침묵을 이겼다."는 명대사가 생각나는 드라마 블랙처럼 감동스런 사회복지사들이 되어서 우리 사회가 정말 행복해지길 기대한다.

# 장량상張良相의 동정시비東征詩碑

마지막 단풍잎에 서리꽃이 피어난 아침, 서둘러 길을 떠난다. 행선지는 사천왜성과 남해왜성을 답사하기 위해서다. 정유재란 칠 주갑을 맞이해 마지막 답사이지 싶다. 한 해 동안 임진왜란 전적지 여러 곳을 답사하였다.

그 가운데 순천왜성을 중심으로 이번에는 사천과 남해를 엮어 일정의 길을 만들고자 한 것이다. 사천왜성, 선진리성에 오르니 바람이 벚나무 사이로 매섭게 불어 옷깃을 여미지 않을 수 없었다. 이런 날을 두고 을씨년스럽다 했던가.

해설사의 재치 있는 해설에 귀를 기울이다가 두고두고 서러운 노래 한 자락에 마음이 젖고 말았다. 화답하는 마음으로 한 수 시를 적고 선진리성에서 발길을 돌렸다.

봄이 오면 봄새라 부르고 봄꽃이라 부르다 떠날 때는 마르게 우니 누가 슬픈 것인지 모르게 선진리성船津里城에 벚꽃 만발하면, 술 한 통 장구 걸머지고 동리 밖 사람들 꽃 속으로 몰려들어 실성하는 버릇, 오래된 버릇이라 하던 말 들었다

사남泗南 땅 화전花田에 목화같이 몽실몽실하게 피어나던 노래, 메밀처럼 흐드러지던 딸들이 울어 에비—에비 무섭구나, 무섭구나, 코 베어가고 귀 잘라가는 놈이 무섭구나

귀도 코도 없는 댕강무데기 당병 무덤에 벗꽃이 휠휠 넘쳐흐르고 봄이 오면 다시 에비—에비 무데기 언덕에 삘기 꽃이 총총히 쌓여 콧소리 한번 불러 보려도 소리가 모자란다 물러간다, 물러간다, 가등청정이 쫓겨 나간 삐비 산천에

꽃이여,
꽃이여,
선진리성 언덕 쾌지나 칭칭 노래 난다

- 졸시, 「선진리 벚꽃노래」 전문

한려수도의 아름다운 비경을 따라 남해에 접어들었다. 습기가 말라버린 남해바다는 짙은 물감을 파랗게 풀어놓고 있었다. 저 푸른 바다가 한때는 전장의 바다, 죽음의 바다로 붉게 피로 물들었다니 바다의 속을 모르듯이 우리는 역사의 깊이를 가늠하지 못하고 살아왔다.

남해는 지금 도로 확장공사로 분주하다. '길을 물어'라고 했듯이 남해왜성을 물어 가야 했다. 관광지에는 알림판이 잘 정비돼 있어도 남해왜성, 선소는 이정표가 없다. 아는 사람, 가 본 사람은 식은 죽 먹는 일이겠지만 옥에 티 같다는 느낌이 들었다.

그냥 돌아서기에는 아까운 하루다. 길 번지 선소로를 따라 남해왜성에 닿았고, 그 흔적 앞에 세워진 안내판에 잠시 서서, 전투의 현장

181

이 아니어서일까, 단지 1000여 명의 군졸들이 머물다 철수한 곳이어서일까 하는 생각에 묻히고 있을 때 동정시비 앞에 서게 되었다.

나무를 베어서 역사의 흔적을 지우려 하는 사람들, 허물거나 파헤쳐서 역사를 없애고 싶은 사람들은 나라 안팎으로 존재하고 있다. 일제강점기에 아마 장량상의 동정시비도 그 가운데 하나였지만 규모가 큰 바윗덩어리였기에 역사로 남아 있음이니, 다행이지만 정벌시비 앞에서 한없이 수치스런 마음을 감출 수가 없었다.

동정시비는 명나라 장수 장량상이 1599년 10월에 새긴 것이다. 중국의 동쪽에 위치한 조선을 침략한 일본군을 정벌했다 해서 '동정'이라 하고 자연바위를 새겼다고 '마애비磨崖碑'라는 명칭을 사용한 것이다.

내용은 명나라 이여송李如松 장군과 수군 도독 진린이 지원군으로 조선의 남해에 와서 일본군을 무찔렀음을 적고 있으며 시 두 편(장)을 새겼다. 이 전승 기념비에는 명나라가 전쟁에 임하던 태도와 감투욕이 숨어 있었음을 통해 오늘의 우리들을 통렬히 비난하며 읽을 가치가 있는 것이다.

유격대장 장량상이 쓴 비문에 "이에 저 명나라와 조선의 군사들은 섬 오랑캐를 물리쳐 폭동과 반란을 제거하고 만전을 꾀하였다. 모든 일은 반드시 싸워 이겨 여기에서 순리로 다스려 위엄이 이처럼 성하니 멀리 와서 정복하여 물리친 것을 밝혀 보이어 길이 알린다."며 시 두 편을 남겼다.

황제의 성냄이여 변방의 난 평정했네
장사의 분발이여 쉴 겨를 없었다네

긴 창을 비껴듦이여 화살도 세게 쐈다
완전무장 빛남이여 별들도 밝게 빛나
발해바다 건너뜀이여 파도도 잔잔쿠나
긴 칼 날림이여 동쪽의 바닷가라
백성의 받듦이여 왜놈들이 항복했다

황제의 성냄이여 해외까지 벌벌 떠네
나라밖 정벌이여 죽은 해골 고요하네
무장병 기쁨이여 공을 따라 매진했네
왜놈들 막음이여 생선회를 치듯 했네
부릅뜬 눈방울여 땅 끝까지 다 살폈네
공바위 새김이여 길이길이 전해지네
이역 땅 멀리 옴여 가주로 모셔지네

– 장량상, 「동정시」 전문

생선회를 치듯 했다는 동정시 옆에는 횟집이 성업 중에 있으니 잔
잔한 바다를 보며 시름에 잠겨 더욱 11월은 적막하다. 거북선을 처
음으로 사용한 사천전투에서 뿜어져 나왔을 포성이 승전비를 세우
고 떠난 명군과 당쟁의 비극으로 강토가 짓밟힌 역사의 현장에 서
있는 사람들에게 격발하여 한없이 멈추지 않는 파도로 들이친다.

사천전투에서 부상당한 이순신 장군이 갑옷 벗을 시간이 없어 피
고름이 흘러내렸다는 말은 너무 가슴을 아프게 한다. 내년은 이순신
장군이 전몰한 해이다. '죽고자 하는 사람은 살 것이다.'라는 장군의
연설이 들리는 것 같은 하루, 동정시비를 두고 쓸쓸히 떠나왔지만
우리는 오래오래 기억해야 할 현장이다.

# 세습과 대물림 사이에서

올해는 유난히 더웠다. '관측 이래'라는 말을 쓰면서 여름을 견뎠다. 국지성 폭우가 무더위를 누그러뜨려 가을을 맞았지만 재산 피해도 많았다. 어느 하나 순탄한 것이 없었다. 여름만큼이나 한반도를 뜨겁게 만든 내외사건들이 많았지만 종단의 수장들이 벌인 문제로 한반도는 심한 상처를 입었다. 불교는 불교대로, 기독교는 기독교대로 '성스러움'을 잃어버린 패악한 현실에 몸서리를 치고 말았다.

자율종교이든 타율종교이든 불교와 기독교는 다시 얽어매려(re-ligare)고 부단히 몸부림쳤던 것이 사실이다. 인격종교가 무너진 한반도, 본연의 실존을 회복하지 않으면 사회구원은커녕 탐욕스런 자본주의의 실체가 되고 말 것이다.

명성교회 김삼환·김하나 부자가 벌인 세습논란으로 한국기독교의 실상을 만천하에 드러내 보였다. 결국 교단에서는 '세습금지법 유지' 결정을 내렸지만 아직 끝나지 않은 문제로 남았다. 김삼환은 교단과 반대세력을 향하여 '마귀'라 운운하였지만 그는 교단법을 제일 먼저 지켜야 할 수장(총회장)이기도 하였다.

명성교회가 보여주는 은혜의 방법이라는 것을 들여다보면 일방적

184

자기 입장 일변도라는 것을 금세 알 수 있다. 내가 좋은 것은 은혜이고, 내가 싫은 것은 마귀의 역사라는 것이다. 유치찬란한 신앙관에 묶인 10만의 신도들, 그들의 신앙이 궁금하다.

교단에서도 '은퇴하는'과 '은퇴한'이란 자구 해석을 두고 싸움질을 했는데 무슨 말이 구원 받았는지 모르겠다. 또한 '세습'이란 말은 기업적인 용어이니 '대물림'이라는 말이 맞는다고 총회장은 인터뷰했지만 더 종교적인 용어가 아마 대물림인가보다.

자구 하나에 목을 매는 짓은 마치 번역된 성서만이 유일한 권위라는 전제를 부여시키는 것과 다를 바가 없는 것이다. 성서 번역의 오류가 얼마나 많은데 말이다. 이러한 형태는 문화적 껍질을 골라내기가 어렵고, 문화적인 상징 기능에서 의미를 분리해 내는 것은 거의 불가능하다. 하여 저들은 왜 무조건적인 절대화에 빠졌는지 묻고 싶을 따름이다.

훌륭한 영적 지도자는 내가 진정한 고수가 아니라는 것을 망각하지 않는데 있다. 이미 세습을 했거나 또한 세습을 준비하고 있을 한국교회는 지독하게 종교를 비판하던 예수의 삶과 가르침을 이제부터라도 알아차려야 할 것이다. 믿음(belief) 말고 진정한 신앙(faith)을 위해서 말이다.

이러한 세습과 대물림 사이에서 참 아름다운 신앙 하나를 만났다. 경상대학교 명예교수 강희근 시인을 그의 문학연구실에서 뵙게 되었다. 연구실 한편에 세워져 있는 포스터가 유독 눈에 띄었다. 전주에서 다시 올리는 연극(시극) 포스터로 〈순교자의 딸 유섬이〉였다.

시인의 설명을 통해 알게 된 유섬이의 신앙을 소개하고자 한다. 우리나라에 시극을 쓴 작가들이 여럿이 있다. 시극은 극시와 달리 연극을 위해 쓴 것으로 70년대까지 이어져오다 명맥이 끊겼다. 하지만 최근 강희근 시인을 통해 화려하게 부활되었다. 고희를 넘긴 시인의 역작이라 할 수 있다.

천주가사 연구가 하성래 교수가 쓴 「거제로 유배된 유항검의 딸 섬이의 삶」(《교회와 역사》, 2014년 4월호)이란 자료를 바탕으로 시극을 썼는데, 하 교수가 거제도호부사를 역임한 하겸락의 문집 『사헌유집思軒遺集』의 해제를 집필하다가 「부거제附巨濟」 조에 들어 있는 유섬이의 사연을 발견하게 되었고 그 자료에 숨은 감동을 더한 것이 〈순교자의 딸 유섬이〉가 탄생한 것이다.

1801년 신유박해 때 부모를 순교로 잃고 큰오빠 내외, 둘째 오빠까지 처형된 뒤 거제부 관비로 유배되어 동정을 지키며 71세까지 살다 간 '정덕'의 사람 유섬이의 거룩한 이야기이다. 유섬이가 천혜의 유배지 거제에서 정덕의 사람이 될 수 있었던 것은, 그 몸과 마음과 영혼을 지켜내기 위한 신앙이 있었기 때문이다.

9살 때 유섬이가 거제로 유배되어 16살이 되면서 그의 동정을 지키기가 어렵다는 것을 스스로 알고 양어머니에게 부탁해 흙돌집에서 25년 토굴생활을 하였다. 유섬이는 총명하였고, 아리따웠으며, 손재주가 남다른 신앙인이었다. 그녀가 신앙, 자신을 고귀하게 살 수 있었던 것은 은장도를 품고 있었듯이 기도(주기도)와 책(『성경광익』, 『천주실의』)을 품고 있었기 때문이었다.

어느 부사가 관비의 비문을 적고 제사를 지내줄 수 있었던가. 하지만 유섬이는 거제도의 성스러움이었으며 민중의 진정한 신앙이었기 때문에 가능했던 것이다. 서학을 신앙과 종교로 받아들이기 시작한 남인들이 박해를 통해 수 없이 피 흘린 이 땅에 기독교가 세워졌고 민중과 함께 살아온 역사에 개혁된 교회가 들어왔는데 지금은 그 몫을 다하지 못하고 있는 것이 안타깝다.

개혁교회의 중심사상 중 하나가 '교회는 계속해서 개혁되어야 한다.'는 것 아니던가. 이제는 제도화된 종교에 힘쓰지 말고, 성스러움이 자연스럽게 흐르는 신앙(faith)의 본질을 바로 세워나가는 건강한 기독교가 되기를 바란다.

# 아름다운 화해

벌써 새 달력을 받았다. 초침이 가면 분침과 시침도 함께 간다고 한 말의 의미를 새삼 느끼게 되었다. 기독교에서는 교회력에 따라 12월부터 새로운 해가 시작된다. 그리스도의 탄생을 기다리는 강림절이 4주 동안 시작되기 때문이다. 이제 남은 한 달은 새로운 시작이며 또한 마지막 달이다.

새 달력을 걸며 언제나 그랬듯이 다짐도 함께 걸곤 하지만 결과는 늘 뜯겨나간 달력처럼 세월만 낭비했다는 자책이 더 많다. 이른 비와 늦은 비를 탐식한 '나는 쭉정이올시다'라고 탄식하며 주저앉고 만다. 그러나 가만히 생각해보면 왜 가상한 일이 없겠는가.

나라와 나라, 이웃과 이웃, 우리들이 살아온 한 해 동안 참으로 아름다운 일은 '화해'하는 일이었다. 어머니 배 속에서부터 두 형제가 싸우듯이 수 없이 다투며 사는 것이 사람 사는 일이 아니던가. 하지만 화해는 지상에서 가장 아름다운 인간의 일이며 공존의 미덕이라 할 수 있다.

이념의 사슬에 매여 남북으로 갈라져 살아온 한반도에 평화를 모색하는 화해야말로 가장 선한 일이었다. 아직도 치유해야 할, 극복하고 넘어야 할 역사의 아픔들이 남아있지만 우리들은 슬기롭게 잘 극복할 수 있는 정신이 깃든 민족이다.

화해가 멀면 멀수록 싸움은 끝나지 않고, 화해가 가까우면 가까울수록 사람의 정은 나는 것이다. 무조건 용납하는 신의 행동이 아니라 용서를 구하고 용서할 수 있는 수평의 선이 잘 놓아질 때 아름다운 그림이 탄생하는 것처럼 말이다.

화해의 기술이 있다면 무엇이 있을까. 노래 가사에도 있듯이 '얼굴과 얼굴을 맞대(face to face)'는 것이 아니겠는가. 최근 '이수역 폭행 사건'을 두고 설왕설래 말이 많은 것이 사실이다. 이번 사건은 경쟁에서 낙오된 이들이 상처와 소외감을 분노와 폭력으로 표출한 사건이다.

모두 다 이렇게 말한다. '차이를 인정하고 화합하는 데 힘쓰라'고 말이다. 그러나 원론적인 말이 무엇인지 우리는 스스로가 잘 안다. 이처럼 메시지나 던지는 시대를 우리는 지금 살고 있는 것이 안타깝다는 것이다.

어쩌면 우리는 얼굴 없는 언어시대를 살고 있다. 영상미디어 시대를 환호하던 우리가 결국 극복해야 할 문제에 직면한 일이 터지고만 것이다. 얼굴 없는 인격의 말들이 멀쩡한 사람을 죽이고, 열등의 자리로 몰아내고, 까발리고, 매장하고, 몰아가고, 당선시키고, 낙선시키고, 살인행위를 일삼는 비인간행동이 너무 큰 사회 망을 구축하였다.

얼굴과 얼굴을 맞대고 하는 화해의 기술을 가르치고 배워야 한다. 여기에 화해를 위한 준비가 필요치 않겠는가. 구약에 나오는 야곱을 보면 그는 쌍둥이 형 에서를 만나기 위하여 준비한 것이 있다. 각종

예물 보따리를 앞세웠지만 가장 염려스러웠던 것은 형의 얼굴을 어떻게 보느냐는 것이었다.

밤새 천사와 씨름하며 영적 준비를 한 야곱은 환도가 위골되는 장애를 갖게 되었다. 이제 속이는 자(야곱)가 아니라 열두 지파의 조상인 이스라엘(야훼여 도와주소서)로 거듭난 것이다. 화해하는 두 형제의 극적인 만남이 이스라엘 역사 속에서 지금도 읽히고 가르쳐지는 율법으로서의 경전인 것이다.

성숙한 사람이 먼저 손을 내민다고 했다. 화해는 쉼표가 아니라 마침표이다. 마침표를 찍을 수 있는 것은 성숙한 사람이 할 수 있는 일이며, 다음 문장을 시작할 수 있는 것과 같다.

세상에는 많은 직분이 있다. 봉사와 섬김의 직분 등 인간관계를 아름답게 만들어가는 직분 중에 최고의 직분은 '화해의 직분'이다. 그리스도가 세상에 와서 행한 일 가운데 신과 인간의 막혔던 담을 헐어버린 일이 화해의 직분이다. 하늘에서와 같이 땅에서도 평화가 이루어지길 온 맘과 뜻과 정성을 다하여 받들어 섬긴 사랑이었다.

툭하면 칼부림 나는 세상에서 솔포기 같이 연애하며 살다 간 부모님이 생각나곤 한다. 어머니는 만성주부습진으로 고생하시다 가셨다. 아궁이 앞에서 솔잎으로 습진을 따내던 모습이 선하다. 아버지는 땔감을 손질해 주며 통마늘에 술 한 잔 하는 것으로 화해가 진척되었고, 어머니 눈물은 금세 밥솥이 끓는 것으로 마무리되곤 하였다.

홧김에 배운 담배가 골초가 되었지만 그래도 담배만은 아버지 앞에서 당당했던 어머니였다. 아옹다옹하면서도 백수를 누리고 가신 비결에는 늘 화해가 있었던 것이다. 화해는 보상을 바라는 것이 아니다. 화해는 쓴 뿌리를 제거하는 치유요, 약이다. 화해는 더욱 정(情)들게 하는 건강의 비결이다.

이제 연말 모임이 크고 작게 있을 것이다. 어디서나 잔을 들고 건배하듯이 마음과 마음을 부딪치며 화해의 잔을 높이 들자. 전 국민이 화해의 잔을 들어 제례의식에서 관제(灌祭)로 붓던 일같이 부을 수 있는 남은 해를 그냥 보내지 말았으면 싶다.

# 스스로 바르게 결단하자

정초가 되면 조용히 알 만한 사람 몇을 불러 한 해의 건강과 글쓰기에 관하여 조언해주는 문단의 선배가 있다. 하지만 연락 놓을 수 없이 서울 어디 입원했다는 소식만 있을 뿐 1월도 중순이 다가고 있다. 그저 하루속히 쾌차하기만을 속절없이 비는 마음뿐이다.

늘 빨간 펜을 들고 어색한 구절이나 맞춤법에 어긋난 단어들을 꼼꼼히 발라 읽어주는가 하면, 후배들에게 읽어야 할 책이 있으면 꼭 선물하고, 아니면 복사해서라도 챙겨 주는, 그냥 넘어가는 법이 없는 선배다. 작년에는 명언 모음 30편을 손수 작성해서 한 장씩 선물로 주었다.

지금도 책상 곁에 붙여놓고 숙지하고 있는 가운데 선배를 생각하며 "사람이 학문을 배우는 것은 말을 잘 하기 위해서가 아니라 행실을 바르게 하기 위해서이다."는 명언이 눈에 들어오는 아침이다. 윗사람을 섬기는 것은 흔하다 할 수 있어도 아랫사람을 살뜰히 챙기는 선배가 과연 얼마나 될까 생각하니 선배가 더욱 생각이 난다.

자기의 지위를 이용해 심한 상처를 스스럼없이 가하는 못된 선배들이 얼마나 많은 현실인가 말이다. 입만 가지고 즐길 것 다 즐기고, 갈 곳 다 가며 쾌락의 날들을 뽐내는 귀신같은 인간들이 '미투'에 나

자빠지고, '그루밍'에 걸려 넘어지는 한심한 모습들이 줄을 서고 있는 현실이다.

자신의 이익만을 챙기고 나 몰라라 돌아서는 예의 없는 후배들이 있기 때문에 어쩌면 자업자득일지도 모를 일이다. 지금 우리들은 왜 손해 보는 일을 하지 못할까. 자신이 그렇게도 약하단 말인가. 모두가 남보다 내가 낫다는, 잘나 보이는 데만 주력할 뿐 배려라는 최소한의 양심도 없이 살아가는 무정無情의 시대를 살고 있다.

정이란 말에 대하여 셰익스피어는 그의 마지막 작품 『태풍』에서 "기도에 의해서 도움을 받지 않으면 이 몸의 마지막은 절망이다. 기도는 하나님의 옥좌에도 상달하고 사람을 죄에서 해방시켜준다. 당신들도 용서를 바라는 마음에서 정情으로 이 몸을 놓아주시오"라 하지 않았던가.

얼마 전 이성복 시인의 글을 읽은 적이 있다. 논어 현문 편에 있는 「위기지학爲己之學」을 들어 쓴 글이었다. 위기지학은 위인지학이란 말과 함께 가르치고 있는 바, 공부하는 사람 중에는 자기가 설정한 목표를 향해 공부하는 사람(위기지학)도 있고, 남의 눈이나 평가에 신경을 쓰면서 공부하는 사람(위인지학)도 있다.

이성복은 "글쓰기에서 바른 길은 자기고통을 뚫어지게 응시하는 거다. 글을 쓰려면 내가 먼저 아파야 한다. 그래야 남을 아프게 할수 있다. 결국 자기를 위한 공부(위기지학)를 해야 한다."고 〈위기지학의 시〉를 논한 바 있다. 정이 닮긴 글이나 삶이 철저한 자기 응시 없는 물렁한 데서 나오는 것이 아님을 가르쳐주고 있다.

내가 다닌 고등학교 교훈에는 '자강불식自强不息'이라는 말이 있다. 스스로 힘써 몸과 마음을 가다듬고 쉬지 말라는 노력의 사자성어이다. 이는 '역경을 극복하는 수행을 최고의 덕목'으로 삼고 공부에 정진하라는 교훈으로서 '스스로 강한 사람은 쉬지 않는다.'는 가르침이다.

자기성찰에서 완전한 글쓰기가 쉬운 것은 아니다. 글쓰기만 한 남을 위한 봉사와 헌신이 어디 있겠는가. 나 혼자 자화자찬하는 글이라면 남을 위한 글이 되지 못할 터 차라리 내놓지 말고, 없는 듯해야 더 옳을 것이다. 시는 써도 그만 안 써도 그만이다. 누가 강요한 일이 아니기 때문이다. 그러나 진실함이 담겨 있는 시나 글이 남을 해치지 않는다는 것쯤은 외면하지 말아야 할 일이다.

최근 선배들의 대화 속에서 느끼는 것이 있다. 단연 '정을 나누며 살자'는 이야기는 들을수록 명언이 아닐 수 없다. 그런가 하면 '즐거운 인생' 또한 자주 듣는 말이다. 열심히 일한 만큼 인생의 여유를 잃어버리지 말자는 이야기 속에서 단 한 번의 인생에 돈이 다가 아니라는 행복론이 끊이지 않았다.

행복한 노년은 무엇인가. '노병은 죽지 않았다.'와 같이 노년들의 대작이 고전 되고 있는 것을 보자. 톨스토이가 72세 때 쓴 『부활』은 그의 사상, 종교, 예술 전반에 걸쳐 말한 것으로 '예술적 성서'라 일컬어지고 있다. 미켈란젤로는 89세의 나이로 로마에 있는 자신의 저택에서 〈론다니니 피에타〉를 미완으로 남긴 채 생을 마감하기까지 불후의 명작들을 남겼다.

선배가 준 명언 중에 "나 자신과 싸우는 것이 가장 힘든 싸움이며 나 자신과 싸워 이기는 것이 가장 값진 승리이다."는 말에 밑줄을 긋는다. 노년을 백발의 영화라 하였다. 흰 머리가 공경의 대상이 아니고 인생의 경험과 지혜가 공경의 대상이듯이 끝까지 잘 지켜 후배들의 아름다운 표상이 되길 나 자신도 다짐해본다.

  회사에는 사훈이 있고, 학교에는 교훈이 있듯이 가정에는 가훈이 있다. 유대인들이 집을 드나들며 문설주에 있는 말씀을 주시하듯, 새기고 지켜야 할 문장들이 마음 판에 하나쯤 있었으면 싶다. 이제 선배를 생각하며 '속단론'을 새기고 싶다. 이는 '스스로 빠르게 결단하자'는 뜻으로 말이다.

# 알아차림, 눈치 없는 사회

자신의 몸매에 만족하지 못 하여 거식증, 폭식증으로 고생하던 영국의 메건 제인이 자신의 사진을 SNS에 올리며 뱃살자랑에 팬이 4만 명이나 된다고 한다. 그녀가 실천하고 있는 것은 다름 아닌 '자기 몸 긍정주의'로서 이는 자신의 몸을 있는 그대로 받아들이고 사랑하는 것이다.

잡지나 영화에 나오는 미적 기준을 충족하는 것은 행복의 필수요건이 될 수 없고 긍정적인 정신을 전파해서 누군가를 돕고 있다는 기쁨에 비하면 조롱받는 것은 아무것도 아니라고 그녀는 당당히 말하고 있다. 내가 내 삶의 주인공이 되는 것, 이것이야 말로 우리가 살아가야 할 생존방식이라는 것이다. 복지 차원에서도 이제는 재정만 가지고서, 착한 마음만 가지고서는 안 된다. 타인이나 복지사가 해결해 줄 것이라는 막연한 생각도 안 된다. 나의 복지는 내가 찾아야 할 보편적 복지시대가 열린 것이다.

관계 지속의 분명한 목적 없이는 불안심리 도구일 뿐인 것이 손에 들려 있는 전자매개체들과 같을 뿐이다. 진부한 시간과 물질만 낭비하게 되는 것이 무엇인가. 그러므로 교육은 가르치고 배우는 것만이 아니라 발견하는 것이며 참여하는 것이라 하였다. 이것을 알아차림이라 했을 때 상호충족이 구비되지 않은 채 영악함만 늘고 있어 사회적 악순환은 그 고리를 끊지 못하고 있는 것이다.

이 알아차림을 상황심리에서는 눈치라고도 하는데 중앙대 심리학과 최상진 명예교수는 눈치의 유형을 4가지로 구분하였다. 활동적인 사람은 일을 추진하려고 눈치를 본다. 소심한 사람은 자신감이 없어서 눈치를 본다. 기회주의적인 사람은 남을 이용하려고 눈치를 본다. 타인 배려적인 사람은 원만한 관계를 유지하기 위해서 눈치를 본다. 이처럼 눈치에는 긍정적인 면과 부정적인 면이 들어 있다. 그러기에 심리학자 에리히 프롬은 "생존욕구와 사회제도는 원칙적으로 한 개인이 변경할 수 없으며, 좀 더 유연한 다른 특성의 발달을 결정하는 요소가 된다."라고 했다. 즉 생존욕구와 사회제도가 고정적인 것과 달리 눈치는 개인이 적응하기 위해서 빠르게 변화시킬 수 있는 특성을 갖는다는 것이다.

문제는 권력이 선하면 선한 눈치가 되고, 복종해야 할 권력이 악하면 악한 눈치가 되었던 것처럼 살기 위해 눈치를 보는데 오히려 죽을 길로 가도 모르는 것이 바로 눈치의 함정이며, 자신이 희생되는 것도 모르고 눈치 없는 사람이 되고 마는 것이 눈치의 역설이다. 눈치는 사람과 사람의 관계에서 생기는 것이고 사회와 문화가 개인과 관계 맺는 데서 생기는 것으로서 부적응을 초래하는 것을 눈치증후군이라고 하는데 건강한 눈치란 심신의 건강을 해치지 않고 가치를 해치지 않으면서 타인과 공존하기 위해서 보는 것이라고 박근영 그의 책 『왜 나는 늘 눈치를 보는 걸까』에서 말하고 있다.

굳이 혜안이라 말하지 않더라도 알아차림이나 눈치는 소통하는 사회, 국제 시대의 핵심적 사안이다. 그러므로 진정한 소통은 이미지가 아니라 행동이며 마음에서 비롯되어야 한다. 그래서 세계 성공기업의 특징을 '오픈도어 정책(open door policy)'이라 하지 않는가. 이는 마음의 벽을 허무는 것으로 개인이나 기업의 생존방식인 것이다.

우리 사회가 언제까지 우매한 대중의 논리를 고집하며 민심을 외면한 채 자기착각 속에서 각단 없는 삶을 살아야 하는가. 학생중심 프로그램이란 비전을 제시하고 학생보다 교수가 지위에 연연하는 처사는 소통의 부재 중 자신의 복지마저 누리지 못하고 있는 안타까운 일로 눈치 없음의 극치라 하지 않을 수 없다. 강의실은 발견의 장이 되기를 원하고 있고, 우리 사회는 보다 나은 삶의 질을 위한 개선을 바라고 있으며 또한 종교는 어둠속으로 백성을 이끌어 가지 않기를 갈망하고 있다.

꽃잎에도 핏줄이 있다

**정홍순 산문집**

# 꽃잎에도 핏줄이 있다

펴낸날 2024년 10월 20일

지은이 정홍순
펴낸이 이순옥
펴낸곳 도서출판 문화의힘
     등록 364-0000117
     주소 대전광역시 동구 대전천북로 30-2(1층)
     전화 042-633-6537
     전송 0505-489-6537

ISBN 979-11-988670-2-5 03810

* 이 책은 2024 한국예술인복지재단 예술활동준비금(일반)을
지원받아 제작되었습니다.

한국예술인복지재단

값 15,000원